NAME: Justus Jonas
FUNKTION: Erster Detektiv
FRAGEZEICHENFARBE: weiß
BESONDERE MERKMALE: das Superhirn der drei ???; Meister der Analyse und Wortakrobatik; erstaunlich schneller Schwimmer; zu Hause auf dem Schrottplatz von Tante Mathilda und Onkel Titus; zupft beim Nachdenken an seiner Unterlippe
IST FAN VON: Tante Mathildas Kirschkuchen und Denksport aller Art

NAME: Peter Shaw
FUNKTION: Zweiter Detektiv
FRAGEZEICHENFARBE: blau
BESONDERE MERKMALE: für körperliche Herausforderungen immer zu haben, dafür kein Ass in der Schule; großer Tierfreund; Spezialist für Schlösser aller Art, die seinem Dietrichset einfach nicht standhalten können; neigt zu Vorsicht und Aberglauben
IST FAN VON: schnellen Autos (insbesondere seinem MG), der südkalifornischen Sonne, so ziemlich jeder Sportart

Die drei ???

Die drei ???
und der weiße Leopard

erzählt von Hendrik Buchna

Kosmos

Umschlagillustration von Silvia Christoph, Berlin
Umschlaggestaltung von eStudio Calamar, Girona, auf der Grundlage der Gestaltung von Aiga Rasch (9. Juli 1941 – 24. Dezember 2009)

FSC www.fsc.org
MIX
Papier aus verantwortungsvollen Quellen
FSC® C014496

Gedruckt auf chlorfrei gebleichtem Papier

ISBN 978-3-440-16049-7
Redaktion: Anne Pagel
Lektorat: André Marx und Nina Schiefelbein
Produktion, Layout und Satz: DOPPELPUNKT, Stuttgart
Druck und Bindung: GGP Media GmbH, Pößneck
Printed in Germany / Imprimé en Allemagne

Die drei ???

und der weiße Leopard

Alarm in Bel Air

Bei brütender kalifornischer Nachmittagshitze schuftete Justus Jonas zusammen mit seinen Freunden und Detektivkollegen Peter Shaw und Bob Andrews auf dem Gelände des Gebrauchtwarencenters T. Jonas. Das T. stand für Titus, den Namen von Justus' Onkel, dem der Betrieb gehörte. Bei ihm und seiner Frau Mathilda lebte Justus, seitdem seine Eltern vor vielen Jahren bei einem Unfall gestorben waren.

Tante Mathilda trieb die Jungen wie immer wortgewaltig an, entsprechend dankbar waren die drei ??? für die unvermutete Unterbrechung: In der Zentrale – ihrem Detektivbüro – klingelte das Telefon. Eilig hasteten die Jungen in den umgebauten, unter einem großen Haufen Gerümpel verborgenen Wohnwagen. Dort nahm Justus den Hörer ab und schaltete den Verstärker ein, damit seine Freunde mithören konnten.

»Justus Jonas von den drei Detektiven.«

»Hier Conklin, Larry Conklin«, meldete sich eine sympathische Männerstimme. »Du wirst dich wahrscheinlich nicht mehr an mich erinnern, aber wir sind uns vor einiger Zeit in einem Café begegnet.«

»Mr Conklin …«, erwiderte Justus mit gerunzelter Stirn. Dann hellte sich seine Miene auf. »Larry Conklin von der Firma Safe-T-System! Sie stellen Alarmanlagen her und haben auch die Anlage im Mosby-Museum oben im Chaparral Canyon eingerichtet.«

Der Anrufer war über die Gedächtnisleistung des Ersten Detektivs hörbar verblüfft. »Das weißt du noch?«

»Ich verfüge über ein recht passables Erinnerungsvermögen«, gab Justus zurück. »Damals hatten meine Kollegen und ich an dem Fall mit der wandelnden Vogelscheuche gearbeitet. Peter und Bob hören übrigens mit.«
»Hi, Mr Conklin!«, meldeten sich der Zweite und dritte Detektiv zu Wort.
»Hallo zusammen! Und sagt doch einfach Larry und ›du‹ zu mir.«
»Gern«, erwiderte Peter. »Hast du unseren Fall damals weiter verfolgt?«
»Genau. Und deshalb weiß ich, dass ihr erfolgreich den Diebstahl der immens kostbaren Mosby-Gemäldesammlung aufklären konntet: Rembrandt, van Dyck, Rubens und ein seltener Vermeer. War 'ne echt große Nummer.«
Der Erste Detektiv hob die Augenbrauen. »Du bist sehr gut informiert.«
»Kunstwerke und deren Schutz sind ja quasi mein Job«, entgegnete Conklin. »So wie es *euer* Geschäft ist, rätselhafte Geschehnisse aufzuklären. Das ist auch der Grund meines Anrufs.« Er senkte geheimnisvoll die Stimme. »Hier wird nämlich gerade beides benötigt ...«
Bob horchte auf. »Das klingt interessant, Larry.«
»Es ist Folgendes: Ich arbeite immer noch für Safe-T-System und habe momentan einen Auftrag bei einem ziemlich exzentrischen Börsenmakler und Kunstsammler namens Tyrone Fairfax. Ich soll seine komplette Villa in Bel Air und vor allem eine einzelne Vitrine mit einem hochmodernen Luxus-Alarmsystem ausstatten.«
»Eine einzelne Vitrine?«, fragte Justus neugierig. »Gehe ich

recht in der Annahme, dass ein Kunstgegenstand darin verwahrt ist?«

»Genau. Konkret handelt es sich um eine unschätzbar wertvolle japanische Prunkschale aus dem 17. Jahrhundert. Sie stammt aus dem Besitz eines Shoguns. Wisst ihr, was das ist?«

»Verkürzt gesagt eine Art General der Samurai, und das wiederum waren speziell ausgebildete und bewaffnete Krieger im alten Japan«, gab der Erste Detektiv mit gewohnter Sachkenntnis zurück.

»Genau«, bestätigte Larry. »Unter Fachleuten ist die Schale wegen des auffälligen, besonders fein ausgearbeiteten Bildmotivs als der ›Weiße Leopard‹ bekannt. Laut einer Legende soll der Shogun kurz vor seinem Tod einen Fluch über die kostbare Porzellanschale verhängt haben.«

»Und ... warum?«, fragte Peter argwöhnisch.

»Aus Hass. Ein hinterhältiger Rivale hatte dem Shogun – der stets ein blaues Gewand mit weißen Leoparden trug – die kostbare Prunkschale geschenkt, um sein Vertrauen zu erschleichen und ihn dann skrupellos umzubringen.«

Bob runzelte die Stirn. »Ziemlich unsympathisch.«

»Seit jener Zeit soll der rachsüchtige Geist des Shoguns unwiderruflich mit der Schale verbunden sein«, fuhr Conklin fort. »Im Lauf der Jahrhunderte soll er zahllose Opfer gefordert haben.«

Der Zweite Detektiv verzog das Gesicht und raunte: »Das war ja mal wieder klar ...«

»Der Ablauf des Fluchs ist dabei angeblich immer gleich: Wird der Geist des Shoguns erzürnt, erscheint er und nimmt die Schale an sich. Anschließend folgt die tödliche Bestrafung des Besitzers, der den Zorn in irgendeiner Form heraufbeschworen hat.«

»Und dein Klient hat keine Angst vor dem Fluch?«, wollte Justus wissen.

»Und ob er die hat – sogar krankhafte Angst.« Conklin seufzte. »Aber gleichzeitig ist Mr Fairfax auch der mythischen Anziehungskraft des Weißen Leoparden verfallen. Für Fluchgläubige hat diese uralte Prachtschale schon immer beides ausgestrahlt: Gefahr und Faszination. Außerdem glaubt Mr Fairfax, gegen den Fluch gewappnet zu sein.«

»Wie denn?«, fragte Bob aufhorchend.

»Das erzähle ich euch später, jetzt ist dafür keine Zeit – ich habe gerade Kaffeepause und muss gleich wieder zurück.« Larry Conklins Stimme klang nun belegt. »Vorerst nur so viel: Ich arbeite seit zwei Tagen in der Villa und gestern ist etwas sehr ... Seltsames passiert.«

»*Nämlich?*«, fragte Justus. Man sah ihm überdeutlich an, dass er bereits einen neuen Fall witterte.

Conklin räusperte sich, bevor er hörbar angespannt antwortete. »Mit der Arbeit war es spät geworden. Es wurde bereits dunkel, als ich ging. Gerade als ich in meinen Lieferwagen steigen wollte, hörte ich hinter mir ein Geräusch im Garten. Da ich wusste, dass Fairfax, sein Neffe Zachary und das Personal in der Villa beim Abendessen waren, wurde ich neugierig und ging einige Schritte zurück.«

Peter ahnte, dass ihm das Folgende nicht gefallen würde.

»Im hinteren Teil des Gartens ... sind ein paar übermannsgroße Oleanderbüsche«, fuhr Larry zögernd fort. »Und mitten im Dickicht sah ich ... einen *weißen Leoparden.*«

Rätselhafte Raubkatze

Der dritte Detektiv blinzelte irritiert. »Du hast im Garten von Mr Fairfax ... einen leibhaftigen *Leoparden* gesehen?«

»Ich weiß, wie abwegig sich das anhört«, räumte Conklin ein. »Es waren zwar nur ein paar Sekunden, bevor das Tier wieder verschwand, aber ich bin mir absolut sicher, dass es ein Leopard war.«

»Und ... was ist dann passiert?«, fragte Peter beklommen.

»Für einen Moment war ich wie erstarrt, dann bin ich vorsichtig zu den Büschen gegangen. Aber in der Dunkelheit war nichts mehr zu erkennen und eine weitere Suche erschien mir zu gefährlich.«

Nachdenklich zupfte Justus an seiner Unterlippe. »Wäre es möglich, dass es einfach eine große weiße Hauskatze war? Immerhin dauerte das Ganze nur einen kurzen Augenblick.«

»Definitiv nicht, keine Hauskatze ist so riesig«, entgegnete Conklin überzeugt. »Das Ganze ist mir ein Rätsel.«

»Hast du dich nach dem Vorfall an Mr Fairfax gewandt?«, erkundigte sich Peter.

»Nein, dafür ist die ganze Sache einfach zu verrückt. Am Ende hält Fairfax mich noch für wahrnehmungsgestört und entzieht Safe-T-System den Auftrag. Das wäre ein Riesendebakel, denn gerade von diesem Job hängt für mich und die Firma sehr viel ab.«

Bob runzelte die Stirn. »Was genau ist denn das Besondere daran?«

»Die schiere Größenordnung. Diese Branche ist ein echtes

Haifischbecken, in dem um jeden einzelnen Kunden hart gekämpft wird. Für eine kleine Firma aus Rocky Beach wie Safe-T-System ist ein Großauftrag in Bel Air ein echter Hauptgewinn, zumal Mr Fairfax sozusagen den Rolls-Royce unter den Alarmsystemen geordert hat.« Conklin atmete tief ein. »Im Zusammenhang mit der Anlage hat er sich übrigens ziemlich eigenartig verhalten.«

»Inwiefern?«, wollte Justus wissen.

»Na ja, zum Beispiel hat er im Vorfeld der Auftragsvergabe zig unübliche Detailfragen gestellt, unter anderem zu sämtlichen Werkstoffen, die in der Alarmanlage verbaut werden. Vor allem wollte er sich *unbedingt* vergewissern, dass kein Yttrium verwendet wird.«

»Yttrium?«, fragte Peter verwirrt.

»Ein spezielles Edelmetall, das zu den sogenannten Seltenen Erden gehört«, erklärte Conklin. »Solch ein intensives Interesse habe ich bisher noch bei keinem Kunden erlebt. Er war regelrecht versessen darauf, die feste Zusage zu erhalten, dass kein Yttrium im System verbaut wird.«

»Tatsächlich sonderbar«, stimmte Bob zu.

Conklin fuhr fort. »Von Beginn an war klar, dass Fairfax ausschließlich das Beste vom Besten will. Im Auftrag ist unter anderem eine Versicherung enthalten, die ihm garantiert, dass Safe-T-System für jeden Schaden aufkommt, der trotz der installierten Alarmanlage entsteht. Deshalb darf ich auf keinen Fall irgendeinen Zwischenfall riskieren – das könnte mich meine Anstellung kosten.«

»Verständlich«, gab Justus zurück.

»Einfach auf sich beruhen lassen will ich das alles aber auch nicht. Immerhin habe ich im Garten von Mr Fairfax eine Raubkatze gesehen, die in Amerika in freier Wildbahn gar nicht vorkommt. Und hier in der Nachbarschaft gibt es Kinder.« Der Sicherheitsfachmann hielt kurz inne. »Tja, und deshalb …«

»Deshalb hast du dich dazu entschieden, die drei ??? zu engagieren, um das Geheimnis dieser bizarren Erscheinung zu lüften«, führte der Erste Detektiv den Satz zu Ende. In seinen Augen glomm ein altbekanntes Glitzern auf. »Zweifellos eine gute Idee.«

»Erraten«, erwiderte Conklin mit hörbarer Erleichterung. »Ich habe Mr Fairfax schon Bescheid gegeben, dass ich wegen der heute anstehenden komplexen Arbeiten gerne drei Praktikanten hinzuziehen würde. Er hat nichts dagegen, solange das nicht mit einem Aufpreis verbunden ist. Falls es euch also passt, wäre es super, wenn ihr noch heute vorbeikommen könntet.«

Justus musste nicht lange überlegen. »Angesichts dieses außergewöhnlichen Vorfalls halte ich es für zulässig, unsere momentane Arbeit zu unterbrechen und direkt zu dir zu fahren.«

»Großartig – ich wusste, auf euch ist Verlass!« Der Sicherheitsexperte nannte noch die genaue Adresse, dann verabschiedete er sich und Justus legte mit zufriedener Miene auf.

Mit steiler Falte auf der Stirn wandte sich Peter, der die letzte Minute geschwiegen hatte, an den Ersten Detektiv. »Korrigier mich, falls ich mich irre, aber hatten wir nicht mal vereinbart, dass hier demokratisch darüber abgestimmt wird, ob wir einen Auftrag annehmen oder nicht?«

»Gegenfrage«, gab Justus unbeeindruckt zurück. »Darf ich

dich höflichst an das Motto unseres Unternehmens erinnern? *Wir übernehmen* –«

»... *jeden Fall*, schon klar – dieser Slogan verfolgt mich manchmal sogar im Schlaf.« Ungehalten verschränkte Peter die Arme vor der Brust. »Aber wer sagt denn, dass es hier überhaupt einen Fall gibt? Wenn in Bel Air ein wilder Leopard frei rumläuft, ist ja wohl die Polizei oder von mir aus der Zoo dafür verantwortlich, das Biest wieder einzufangen. Aber doch nicht wir!«

»Ich würde dir durchaus und ohne jeden Vorbehalt zustimmen«, setzte Justus mit seiner gefürchteten Oberlehrermiene an, »wenn es sich hier wirklich um eine reale Raubkatze handeln würde.«

»Du denkst also, da schleicht gar kein echter Leopard herum?«, folgerte Bob.

»Wenn sich da wirklich eine weiße Großkatze in den Gärten der Reichen und Schönen von Los Angeles herumtreiben würde, dann wäre das außer Larry Conklin gewiss noch anderen Leuten aufgefallen.« Justus machte eine vielsagende Geste. »Und folglich hätten spätestens heute sämtliche Zeitungen und Nachrichtensendungen darüber berichtet. Eine solche Sensationsmeldung würde sich ja kein Reporter entgehen lassen.«

»Auch wieder wahr ...«, gab Peter zu.

»Außerdem«, fügte Justus an, »vermag ich beim besten Willen nicht an einen Zufall zu glauben, wenn im Garten des Besitzers einer Prunkschale namens ›Der Weiße Leopard‹ plötzlich eine ebensolche Großkatze herumschleicht.«

Bob nickte. »Dann heißt es jetzt also: von der Vogelscheuche zum Leoparden.«

Mit einem Schmunzeln wandte sich Justus an den dritten Detektiv. »Was ich *dich* übrigens schon immer mal fragen wollte: Warum hast du unseren damaligen Fall eigentlich ›Der Ameisenmensch‹ genannt? Der Insektenforscher Dr. Woolley war doch bloß eine Nebenfigur, noch dazu eine völlig harmlose. Viel näher hätte da ja wohl ein Titel gelegen wie ›Die wandelnde Vogelscheuche‹.«
»Oh, die Antwort ist denkbar einfach«, gab Bob lässig zurück. »Ich hatte –«
In diesem Moment schallte eine wohlbekannte Stimme über den Schrottplatz. »Juuustus! Peeeter! Booob! Die Arbeit macht sich nicht von alleine!«
Der Erste Detektiv gab einen lauten Seufzer von sich. »Titel hin oder her – jetzt muss ich Tante Mathilda erst mal beichten, dass wir zu einem Außeneinsatz aufbrechen wollen ...«

Nachdem Justus Tante Mathilda mit seinem treuesten Neffenblick schließlich von der Notwendigkeit ihres Aufbruchs überzeugt hatte, machten sich die Jungen in Bobs Käfer auf den Weg. Dank günstiger Verkehrsbedingungen hatten sie ihr Ziel bereits nach einer guten Dreiviertelstunde erreicht. Bel Air, ein vornehmer Stadtteil im Westen von Los Angeles, war insbesondere durch all die prominenten Schauspieler, Regisseure, Models und Sportstars bekannt, die sich hier angesiedelt hatten. Man musste schon das nötige Kleingeld mitbringen, um sich einen so exklusiven Wohnort leisten zu können. Tyrone Fairfax, dessen Anwesen in der idyllischen Via Verona lag, gehörte zweifellos zu dieser Personengruppe.
»Holla – das nenne ich eine noble Hütte«, entfuhr es Peter

beim Anblick der hoch aufragenden Villa, die im verwinkelten Stil eines asiatischen Tempels erbaut war und von einem mehrstufigen Pyramidendach gekrönt wurde. Der vordere Teil des Grundstücks wurde von einer hüfthohen Hecke umschlossen, das Tor zur Zufahrt stand offen. Auf dem palmengesäumten Weg zum Haus entdeckten die drei Detektive den hellblauen Lieferwagen von Safe-T-System. Bob parkte direkt dahinter. Kaum waren die Jungen ausgestiegen, öffnete sich das Eingangsportal der Villa und ein schlanker braunhaariger Mann in beigefarbenem Overall kam ihnen lächelnd entgegen. »Hallo, Jungs! Schön, dass es geklappt hat.«

Justus lächelte zurück. »Einen so reizvollen Fall konnten wir uns unmöglich entgehen lassen, Larry.«

Conklin zog die große Schiebetür seines Lieferwagens auf und bot den Jungen an, auf der mit Teppich ausgelegten Bodenfläche Platz zu nehmen. Dann öffnete er eine Kühlbox und holte drei bunte Limonadendosen hervor, die Justus, Peter und Bob dankend annahmen. Der Sicherheitsfachmann selbst trank aus einer bereits geöffneten Mineralwasserflasche. »Mannomann, ist das eine Affenhitze ... Drinnen mit all den Klimaanlagen merkt man das gar nicht.«

»Da freue ich mich jetzt schon drauf«, verkündete Peter, während er sich mit einem herumliegenden Prospekt Luft zufächelte.

»Ich ebenfalls«, stimmte Bob zu. »Temperaturtechnisch gehört mein Käfer eher in die Kategorie ›mobile Kleinsauna‹.«

»Verstehe.« Der Sicherheitsfachmann nickte mitfühlend. Dann deutete er zur Villa hinüber. »Ich habe Mr Fairfax gesagt, dass ich mich mit euch zunächst über die weiteren Arbeitsschritte und die benötigten Werkzeuge absprechen muss. So haben wir jetzt ein wenig Zeit, uns zu unterhalten.«

»Gute Idee, Larry«, erwiderte Justus und nahm durstig einen weiteren Schluck eisgekühlte Limonade.

Währenddessen ließ Peter seinen Blick über die weitläufige Gartenfläche schweifen. »Kein getarntes Gehege oder Ähnliches zu erkennen …« Der Zweite Detektiv musste an einen alten Fall denken, bei dem sie einem Künstler begegnet waren, der auf seinem Grundstück zu Studienzwecken eine Raubkatze in einem großen Glaskäfig gehalten hatte. Von einer solchen Anlage war im Garten jedoch nicht das Geringste zu sehen.

»Tja, ein exotisches Haustier können wir somit ausschließen«, sagte Justus.

»Ja, können wir«, erwiderte Conklin. »Das gilt übrigens auch für die Nachbarschaft. Heute Morgen habe ich mich bei Mr Fairfax erkundigt, ob es hier in der Gegend streunende Katzen, Hunde oder sonstige Tiere gäbe, auf die ich bei der Ausrichtung der Alarmanlage achten müsse.« Er zuckte die Schultern. »Außer einem altersschwachen Chihuahua in der Villa gegenüber ist die nähere Umgebung eine haustierfreie Zone.«

Nachdenklich blickte Justus den Sicherheitsfachmann an. »Bist du dir hinsichtlich der Tierart denn wirklich sicher oder vermutest du nur wegen der Sage rund um die Prunkschale, dass du einen Leoparden gesehen hast?«

»Ich bin hundertprozentig sicher«, stellte Conklin klar. »Seit vielen Jahren schaue ich mir abends vor dem Zubettgehen gerne Tier-Dokumentationen im Fernsehen an. Deshalb kann ich einen Leoparden problemlos von einem Tiger oder Puma unterscheiden und auch von einem Jaguar. Der ähnelt ihm körperlich zwar stark, hat aber viel größere ringförmige Fellflecken, die in der Mitte häufig kleine Tupfen aufweisen, was beim Leoparden *nicht* der Fall ist.«

Skeptisch verengte Justus die Augen. »Und all diese Einzelheiten konntest du von Weitem und bei einsetzender Dunkelheit erkennen?«

»Ja, die Katze war erstaunlich hell gefärbt«, entgegnete Conklin, dem die Zweifel des Ersten Detektivs nicht entgangen waren. »Aber nicht wie bei einem Albino oder einem Schneeleoparden, sondern so ... als wenn das Tier von innen *leuchten* würde.«

»Geisterhaft«, murmelte Peter leise.

»Deshalb konnte ich die Fellzeichnung deutlich erkennen. Das, was ich in den Büschen gesehen habe, war definitiv ein Leopard.« Conklin zuckte die Schultern. »Von einer Sekunde zur anderen war er dann plötzlich verschwunden.«

Justus sog tief die Luft ein und stellte die leere Dose neben sich ab. »Mangels alternativer Erklärungsansätze bleibt vorerst Folgendes festzuhalten: Auf einem Villengrundstück in Bel Air hat irgendjemand gestern Abend die weiße Großkatze einer japanischen Fluchlegende des 17. Jahrhunderts erscheinen lassen.«

»Erscheinen lassen?« Conklin zog die Stirn kraus. »Im Sinne von ›künstlich erzeugt‹?«

Bob wischte sich den Schweiß von der Stirn. »Wir halten es aus verschiedenen Gründen für nahezu ausgeschlossen, dass hier in der Gegend ein echter Leopard rumläuft. Der hätte seit gestern Abend ja eine Riesenaufmerksamkeit erregt.«

»Stimmt, das hatte ich noch gar nicht bedacht«, gab der Sicherheitsfachmann zu.
»Hat sich das Tier denn in irgendeiner Form bewegt?«, wollte Peter wissen.
Grübelnd verengte Larry die Augen. »Der Moment war nur sehr kurz und es wirkte so, als würde mich der Leopard direkt anstarren. Aber bewegt … nein, bewegt hat er sich nicht.«
»Das dachte ich mir«, erklärte der Erste Detektiv und spähte zu den großen Oleanderbüschen hinüber. »Am liebsten würde ich sofort rübergehen und nach Spuren suchen. Aber angesichts von vier Personen im Haus wäre das Risiko, gesehen zu werden und Argwohn zu wecken, zu groß. Deshalb werden wir später unter einem Vorwand das Gelände unter die Lupe nehmen.«
»Da wird mir wegen der Alarmanlage schon etwas einfallen, schließlich muss die Komplettsicherung des Gartens erst noch durchgeführt werden«, gab sich Conklin zuversichtlich. Dann blickte er die Jungen fragend an. »Wenn diese Erscheinung wirklich auf einem technischen Weg erzeugt wurde – warum sollte jemand so etwas Eigenartiges machen?«
»Sehr gute Frage.« Der völlig verschwitzte Justus knöpfte sich einen weiteren Hemdknopf auf. »Damit kommen wir direkt zu einem zentralen Punkt: Was ist das Motiv für diese außergewöhnliche Tat?«
»Hm … ich muss gerade an die Heidenangst denken, die Mr Fairfax vor dem Fluch des Shoguns hat«, erwiderte Bob. »Da wäre es doch möglich, dass ihn jemand aus irgendeinem Grund mit dem ›lebendig gewordenen‹ weißen Leoparden beunruhigen will.«

»Eine durchaus schlüssige Hypothese«, stellte der Erste Detektiv fest. »Fragt sich nur, wer. Und was genau er mit einer Einschüchterung von Tyrone Fairfax erreichen möchte.«

»Weißt du, ob dein Auftraggeber die Raubkatze ebenfalls gesehen hat?«, wandte sich Peter an den Sicherheitsexperten.

»Wenn ja, hat er es sich heute nicht anmerken lassen«, gab Conklin zurück. »Und die übrigen Hausbewohner auch nicht. Neben Fairfax leben noch sein Neffe Zachary, die Hausdame und Köchin Miss Dutton und der Butler Francis hier.« Angespannt schaute er auf seine Armbanduhr. »Gleich halb fünf, wir sollten jetzt –«

Plötzlich riss Peter die Augen auf. »Hee, was machen Sie da?!«

Der Jäger aus Kyoto

Aus den Augenwinkeln hatte Peter eine hochgewachsene, in einen dunklen Anzug gekleidete Gestalt entdeckt. Der hagere Mann mit asiatischen Gesichtszügen und Nickelbrille stand vor einem Fenster der Fairfax-Villa und hantierte mit irgendeinem Gegenstand vor seinem Gesicht herum. Bei dem Ausruf war der Fremde erschrocken zusammengezuckt. Dann wirbelte er herum und hastete quer über den Rasen in Richtung Straße davon.

»Halt – bleiben Sie stehen!« Augenblicklich nahm Peter die Verfolgung auf.

Auch Justus, Bob und Larry Conklin rannten los. Da der Zweite Detektiv ein ausgezeichneter Sprinter war, holte er rasch auf. Wenige Sekunden später hatte er den Flüchtenden eingeholt und packte ihn an der Schulter.

»Was haben Sie da am Fenster gemacht? Los, reden Sie schon!« Doch statt einer Antwort stieß ihm der Mann seinen Ellenbogen heftig in die Magengrube. Für einen kurzen, aber entscheidenden Moment blieb Peter die Luft weg und er geriet ins Taumeln. Dies nutzte der Fremde, sprang über die Hecke auf die Straße, stieg in einen nahe geparkten silbergrauen Buick und raste mit quietschenden Reifen davon. Alles ging so schnell, dass der Zweite Detektiv nicht mal das Nummernschild erkennen konnte.

»Verdammt!«, fluchte Peter ächzend.

Zu seiner Überraschung war es nicht die Stimme von Justus, Bob oder Larry, die nun hinter ihm erklang, sondern die eines

älteren Mannes, der von der Villa aus zu ihm herüberrief. »Bravo, Junge! Beinahe hättest du den Spinner drangekriegt.«
Als Peter sich umdrehte, erblickte er in der offenen Eingangstür einen gedrungenen, etwa achtzigjährigen Mann mit eisgrauem Haarkranz und akkurat gestutztem Spitzbart. Zu seiner Verwunderung erkannte der Zweite Detektiv, dass sein Gegenüber mit einem seidenen mintgrünen Bademantel und zitronengelben Sportschuhen bekleidet war. Die energischen Gesichtszüge spiegelten sowohl Ärger als auch Genugtuung wieder.
»Dieser verrückte Japaner raubt mir noch den letzten Nerv! Aber vielleicht hat dein beherztes Eingreifen ihn jetzt ja endgültig abgeschreckt.« Der Blick des Mannes schwenkte zu Larry Conklin hinüber, der nun mit Bob und Justus näher trat. »Wie es aussieht, hat sich die Hinzuziehung Ihrer Praktikanten schon jetzt ausgezahlt.«
»Das ... freut mich, Mr Fairfax«, erwiderte Conklin verdutzt und stellte dem Hausherrn die drei Jungen vor.
Diese begrüßten ihn ebenfalls, dann fragte Peter: »Sie kennen diesen Mann also?«
»Satoshi Miyazawa?« Der Börsenmakler schnaubte verächtlich. »Und ob ich den kenne! Ein schwerreicher Industrieller aus Kyoto, der um die ganze Welt reist und japanische Antiquitäten zusammenrafft. Ein regelrechter Kunstjäger, der ständig hinter neuer Beute her ist.« Fairfax ballte die Fäuste. »Aber meinen Weißen Leoparden werde ich ihm niemals verkaufen. *Niemals*!«
Die linke Augenbraue des Ersten Detektivs wanderte ein gutes Stück in die Höhe, während er leise raunte: »Überaus interessant ...«

»Dieser starrsinnige Flegel belästigt mich nun schon seit fast einer Woche. Hat erst nachträglich aus der Presse von der Versteigerung erfahren und nun ruft er ständig an oder kommt vorbei, um mich zu bedrängen.«
Conklin horchte auf. »In den letzten zwei Tagen habe ich mich schon über das häufige Klingeln des Telefons und an der Tür gewundert. Dann steckte also immer derselbe Mann dahinter?«
»Immer Miyazawa, ja«, bestätigte Fairfax erbost. »Es ist nicht zu fassen – schon bei unserem allerersten Gespräch habe ich ihm klipp und klar gesagt, dass er von mir aus mit seinem Geldkoffer den Fujiyama runterrodeln kann.« Der Mann schüttelte genervt den Kopf. »Dieser verbohrte Kerl will einfach nicht kapieren, dass ich ihm den Weißen Leoparden gar nicht verkaufen könnte, selbst wenn ich das wollte.«
»Dürfen wir nach dem Grund fragen, Sir?«, erkundigte sich Bob interessiert.
»Na, wegen des Fluchs!«, entgegnete Fairfax, als wäre es das Natürlichste auf der Welt. Dann wandte er sich irritiert an Conklin. »Haben Sie Ihre Mitarbeiter denn nicht informiert?«
»Doch, natürlich. Aber die Einzelheiten wollte ich lieber Ihnen überlassen.«
»Vernünftig.« Der Börsenmakler nickte, dann räusperte er sich. »Kurz gesagt: Der Dreh- und Angelpunkt ist Respekt. Man muss dem Weißen Leoparden *zwingend* mit Würde und Respekt begegnen.«
»Um den Zorn des Shoguns nicht heraufzubeschwören?«, fragte Justus, der sich daran erinnerte, dass Larry eine Strategie

erwähnt hatte, mit der sich Fairfax vor dem Fluch schützen wollte.
»So ist es«, bestätigte der Sammler. »Jede Form der Respektlosigkeit, die an den skrupellosen Hinterhalt erinnert, würde umgehend vom Shogun bestraft werden.«
»Und wie sieht diese Bestrafung genau aus?«, fragte Bob.
»Gleichermaßen einfach wie unbarmherzig. Zunächst, als Ankündigung seines heraufbeschworenen Zorns, entreißt der Shogun dem Schuldigen die Schale. Anschließend trifft den Unglücklichen die tödliche Rache.« Der Sammler verengte die Augen zu schmalen Schlitzen. »Respektlosigkeit wird nicht geduldet.«
»Und der Verkauf der Schale an Mr Miyazawa wäre eine solche Respektlosigkeit?« Verwirrt runzelte Peter die Stirn. »Aber Sie haben den Weißen Leoparden doch selber gekauft.«
»Auf einer internationalen Auktion, richtig. Der entscheidende Punkt dabei ist jedoch, dass ich der erste *westliche* Sammler bin, der diese Prunkschale erworben hat.«
Der dritte Detektiv blinzelte überrascht. »Inwiefern ist das denn relevant?«
»Weil der Weiße Leopard in den vergangenen Jahrhunderten durchgängig in Japan verblieben ist – welch eine Demütigung!«, erwiderte Mr Fairfax voller Inbrunst. »Zu all den Opfern des Fluchs ist es allein deshalb gekommen, weil man den Geist des Shoguns gegen seinen Willen in dem Land festgehalten hat, in dem er verraten wurde!«
Für einen Moment herrschte erstauntes Schweigen.
Justus kratzte sich nachdenklich am Kopf. »Aber ... wie konnte es überhaupt zu so vielen Opfern kommen? Wenn der Sho-

gun bei der ersten Vollziehung des Fluchs die Schale an sich nahm, wie konnte sie dann an einen anderen Besitzer gelangen?«

Der Sammler wedelte mit den Händen. »Ich hab's euch doch gerade erklärt – es geht um Japan! Der Shogun wollte dieses Land nach seinem gewaltsamen Tod unbedingt verlassen, wozu sein Geist aber nicht fähig war. Er konnte die Schale über all die Jahrhunderte hinweg immer wieder nur an den verschiedensten Orten im Kaiserreich platzieren. In der Hoffnung, dass irgendwann eine würdige Person erscheinen werde, die sie von Japan befreit.«

»Und dieser Jemand waren Sie«, folgerte Conklin.

»So ist es.«

»Indem Sie also ... die Schale aus Japan herausholten und nach Amerika brachten, besänftigten Sie den jahrhundertealten Zorn?«, mutmaßte der Erste Detektiv.

»Korrekt.« Der Börsenmakler rollte mit den Augen. »Ich müsste vollkommen lebensmüde sein, den Weißen Leoparden an Miyazawa und somit wieder nach Japan zurückzuverkaufen! Mit einer solch abgrundtiefen Respektverletzung würde ich sofort die Rache des Shoguns auf mich ziehen!«

»Eine Sache verstehe ich dabei nicht«, wandte sich Peter an Mr Fairfax. »Wenn jeder japanische Besitzer vom Fluch getroffen wurde, wieso haben sich in all der Zeit immer und immer wieder Leute getraut, diese Todes-Schale an sich zu nehmen?«

»Wegen der einzigartigen Anziehungskraft des Weißen Leoparden.« Mit erhabener Miene blickte der Sammler den Zweiten Detektiv an. »Es heißt, dass er dem ›Würdigen‹ große

Macht verleiht. Deshalb riskierten immer wieder Menschen den Besitz, weil sie glaubten, den richtigen Umgang mit der Schale gefunden zu haben. In Wahrheit war jedoch immer nur Japan der ausschlaggebende Punkt.«

»Und ... woher wissen Sie das?«, fragte Justus gespannt.

»Weil mir der Weiße Leopard in einer Vision erschienen ist«, erwiderte Fairfax, als sei das ein völlig normaler Vorgang.

»Nur fürs Protokoll«, setzte Bob nach kurzem Räuspern an und zückte sein Notizbuch. »Um sich vor dem Fluch zu schützen, muss man dem Weißen Leoparden unbedingt Respekt entgegenbringen. Die wichtigste Vorschrift dabei ist: Die Schale darf auf gar keinen Fall wieder in Kontakt mit ihrem Herkunftsland Japan kommen. Ansonsten würde unweigerlich der Fluch des Shoguns zuschlagen.«

»Exakt so ist es«, erwiderte Fairfax. »*Kein Japan*. Eine einfache, aber unbedingt einzuhaltende Regel.«

»Hängt Ihre vehemente Abneigung gegen das Element Yttrium ebenfalls damit zusammen?«, erkundigte sich Justus.

Anerkennend blickte Tyrone Fairfax den Sicherheitsfachmann an. »Da arbeiten ja ziemlich clevere Jungs in Ihrem Betrieb, sehr lobenswert.« Er wandte sich wieder an den Ersten Detektiv. »Aber um deine Frage zu beantworten: Ja, Yttrium ist *unrein*. Vor Kurzem ist ein gigantisches Vorkommen Seltener Erden in der Nähe der Insel Minami-Torishima entdeckt worden. Die Wahrscheinlichkeit, dass importiertes Yttrium aus Japan stammt, ist deshalb viel zu hoch!«

»Es geht also wieder um den wichtigsten Grundsatz«, mutmaßte Bob. »Weil Japan wegen der Verratsgeschichte ein verbotenes Land ist, sind alle japanischen Werkstoffe tabu.«

»So ist es. Nichts darf den Shogun in Aufruhr bringen.« Lächelnd deutete Fairfax hinter sich ins Innere des Hauses. »Aber jetzt haben wir lange genug hier draußen gestanden. Kommt mit – für eure Glanztat habt ihr eine kleine Belohnung verdient. Ich werde euch den Weißen Leoparden persönlich vorstellen. Und keine Angst, vor dem Fluch seid ihr vollkommen geschützt.«

Nach Peters Gesichtsausdruck zu urteilen, war er sich diesbezüglich keineswegs so sicher. Als sie das Eingangsportal der Villa durchquert hatten, befanden sie sich in einem hohen Flur, an dessen Wänden unzählige Gemälde mit überwiegend abstrakten Motiven hingen. Die schlagartige Kühle war im Unterschied zu den draußen herrschenden Sahara-Temperaturen eine echte Wohltat. Doch der kurze Moment der Erholung wurde sofort unterbrochen.

»Faselst du schon wieder von diesem dämlichen Fluch?«, schallte es unvermittelt von oben herab. »Da schmeißt du in einem Anflug von geistiger Umnachtung ein Schwachsinns-Geld für diese Schale raus, und hinterher gibt's nur noch ein einziges Thema: Fluch, Fluch, Fluch!« Am Geländer des Treppenaufgangs im ersten Stock stand ein unscheinbarer, mit einem hellen Leinenanzug bekleideter Mann Ende dreißig, dessen kastanienbraunes Haar vor Gel nur so troff. Ganz offensichtlich handelte es sich um den Neffen. Seine Augen funkelten zornig.

»Was ich auf meinem Grund und Boden mit welchen Personen bespreche, geht nur mich allein etwas an«, gab der Börsenmakler verärgert zurück. »Behalt deine Meinung also gefälligst für dich, Zachary!«

»Meinung?!« Energisch beugte sich der Neffe über das Treppengeländer und hob den Zeigefinger in die Höhe. Er erinnerte den Ersten Detektiv an einen leidenschaftlichen Pfarrer, der von seiner Kanzel aus eine flammende Predigt hält. »Dass es sich bei diesem ganzen japanischen Fluch-Quatsch um eine schwere Wahnvorstellung von dir handelt, ist keine Meinung, sondern eine verdammte Tatsache!«

»Immer die alte Leier ...« Verächtlich winkte Fairfax ab und wollte weitergehen, doch Zachary war noch nicht mit ihm fertig.

»Die Firma meines Vaters steht am Abgrund! Geht das nicht in deine runzlige Rübe? Ich würde Dad ja selber helfen, aber du weißt ganz genau, dass ich in meinem Job bei Rybatron keine solche Summe anhäufen kann! Du dagegen müsstest diese bescheuerte, millionenschwere Schale nur an Miyazawa verkaufen und mein Vater wäre gerettet. *Dein Burder!*« Verbittert deutete er auf Conklin und die Jungen. »Stattdessen engagierst du noch dazu eine völlig überteuerte Firma, damit nun schon *vier* Handwerker diesem Mistding einen Hochsicherheits-Thron erschaffen! Das ist doch einfach nur Irrsinn! Man sollte dir diese verdammte Vitrine um die Ohren schlagen!«

Spur aus der Vergangenheit

Nach diesem Ausruf drehte sich der Neffe um und stapfte laut fluchend davon, kurz darauf knallte eine Tür.

»Huiuiui ... der Typ ist definitiv kein Fan von Safe-T-System«, raunte Bob.

»Das ist die Untertreibung des Jahres«, erwiderte Conklin mit gedämpfter Stimme. »Wenn er könnte, würde er mich sofort achtkantig rausschmeißen.«

Mr Fairfax stieß abfällig die Luft aus. »Diesen ungehobelten Lümmel sollten wir gar nicht weiter beachten. Kommt, gehen wir in den Ausstellungsraum.«

Neben der geöffneten Flügeltür, auf die sie nun zutraten, stand ein hochgewachsener, kahlköpfiger Mann Mitte sechzig, der in eine schmucke schwarzgraue Uniform gekleidet war. Hinter ihm erblickten die Jungen eine hellblonde, etwa fünfzigjährige Frau mit strengem Haarknoten und dunklem Schürzenkleid. Sie war auffallend blass und wirkte äußerst angespannt, fast schon verstört. Peter glaubte sogar zu erkennen, dass ihre Lippen zitterten.

»Das sind mein Butler Francis und meine Hausdame Miss Dutton«, stellte Fairfax seine Angestellten knapp vor.

»Wie befohlen hielt ich hier Wache, seit Sie wegen des unverschämten Japaners nach draußen gegangen sind, Sir«, bekundete der Mann höflich.

»Und ich habe, wie gewünscht, sämtliche Zimmer nach möglicherweise eingedrungenen Komplizen durchsucht«, ergänzte Miss Dutton rasch. »Keine ungewöhnlichen Vorkommnisse.«

»Na, wenigstens etwas«, gab Fairfax zurück und seufzte. »Die ›ungewöhnlichen Vorkommnisse‹ fanden draußen statt.« Er richtete sich an Francis. »Um mich davon zu erholen, servieren Sie mir bitte einen Scotch auf Eis im Billard-Salon.«

»Sehr wohl, Sir.« Nach einer angedeuteten Verbeugung wandte sich der Butler um und entschwand.

Die Hausdame trat einen Schritt vor. Sie rang die Hände und blinzelte nervös. »Wenn ... Sie für mich momentan keine Verwendung haben, würde ich gerne einen Anruf tätigen.«

»Tun Sie, was Sie nicht lassen können.« Mit Schwung öffnete Fairfax daraufhin die Flügeltür. Der Saal, den die drei Detektive zusammen mit Larry und dem Börsenmakler nun betraten, war kleiner als erwartet und spiegelte im Unterschied zum überladen wirkenden Flur schlichte, um nicht zu sagen karge Eleganz wider. An den hellen Wänden hingen keinerlei Bilder, kein Teppich lag auf dem fein gemaserten Marmorboden. Ein krasser Gegensatz zu dem luxuriös ausgestatteten Wohnsalon, der rechter Hand über einen offenen Durchgang betreten werden konnte. Es war offensichtlich, dass die Aufmerksamkeit des Betrachters durch nichts vom Mittelpunkt des Ausstellungsraums abgelenkt werden sollte: der schlanken Glasvitrine mit der japanischen Prunkschale.

»Wow, die sieht noch toller aus, als ich sie mir vorgestellt habe«, hauchte Bob andächtig.

Larry nickte. »Ja, auch ich bin immer wieder hin und weg, wenn ich sie mir ansehe.«

Tatsächlich strahlte die erstaunlich dünnwandige kobaltblaue Porzellanschale mit dem prachtvollen elfenbeinweißen Leoparden eine unwirkliche Schönheit aus.

»Grandios …«, schloss sich Justus an.
Peter hingegen wandte seinen Blick nach dem ersten Moment des Staunens einem Fenster zu seiner Linken zu, vor dem er den Japaner beobachtet hatte. »Konnten Sie erkennen, was genau Mr Miyazawa da draußen gemacht hat?«
»Natürlich«, entgegnete Fairfax. »Der Kerl hat Aufnahmen mit einer Kamera gemacht.« Er wies demonstrativ auf die Vitrine. »Vom Weißen Leoparden!«
Justus nickte. »Ungebetene Besuche sind eine Sache – widerrechtliches Betreten eines Grundstücks und unerlaubte Kameraaufnahmen schon eine andere.«
»Das Ganze ist eine nicht hinnehmbare Provokation gegenüber der Aura des Shoguns – der Mann ist *Japaner*!«, entfuhr es dem Börsenmakler. »Und wer weiß, was Miyazawa als Nächstes vorhat? Es wird wirklich höchste Zeit, dass auch der Garten gesichert wird!«
»Das gehen wir sofort an«, bestätigte Conklin und warf Justus einen bedeutungsvollen Blick zu. Es war offensichtlich, dass er eine willkommene Möglichkeit erkannt hatte, die Untersuchung der Büsche durchzuführen. »Zu diesem Zweck werden wir zunächst die problematischen Punkte des Grundstücks ermitteln.«
Erschöpft wedelte der Hausherr mit der rechten Hand. »Machen Sie das, machen Sie das. Ich werde mich jetzt zurückziehen. Von dem ganzen Miyazawa-Mist habe ich die Schnauze voll.«
Gerade hatte Fairfax die Flurtür durchquert, da erschallte von oben erneut Zacharys wutschäumende Stimme. »Seniler Affe! Alter Gierschlund!«

Von Weitem hörte Peter den Sammler leise knurren. »Einfach nur Geizhals hat wohl nicht gereicht. Immer schön die Klappe aufreißen, aber bei Hastings nicht rückwärts einparken können …«

Auf dem Weg durch den weitläufigen Garten wandte sich Bob an Larry. »Sag mal, ist diese Miss Dutton eigentlich schon die ganze Zeit so nervös?«

»Ehrlich gesagt habe ich sie gerade zum ersten Mal von Nahem gesehen. Die letzten Tage huschte sie immer nur wie ein Schatten durch die Räume.« Conklin hob die Schultern. »Sie scheint tatsächlich irgendwelche Probleme zu haben, aber das geht uns nichts an.«

»Abwarten …«, murmelte Justus leise.

Kurz darauf standen die drei Detektive und Larry vor den dichten Oleanderbüschen und suchten vorsichtig nach Spuren. Tatsächlich wurden sie bereits nach kurzer Zeit fündig.

»Hier, diese Zweige sind abgeknickt«, erkannte Bob. »Dort könnte also tatsächlich jemand versteckt gewesen sein.«

»Oder *etwas*«, ergänzte Peter argwöhnisch.

»Du denkst doch wohl nicht immer noch an einen Leoparden«, tadelte Justus, ging in die Hocke und strich behutsam einige Blätter beiseite. »Da kann ich dich beruhigen … wir können definitiv von einem *menschlichen* Verursacher ausgehen. Und die fragliche Person hat eine Vorliebe für extravagante Fußbekleidung.«

»Lass sehen!« Conklin trat neugierig näher.

Auch Bob und Peter beugten sich vor. Verwundert entdeckten sie in der weichen Erde direkt unter den geknickten Zweigen einige Fußabdrücke, die in der Tat sehr eigenartig aussahen. Zum einen war keinerlei Profil zu erkennen, noch weitaus auffälliger war aber ein V-förmiger Einschnitt direkt an der Fußspitze.

»Was ist das denn?«, fragte der dritte Detektiv irritiert, während er mit seinem Handy Fotos des Funds machte. »So einen merkwürdigen Abdruck habe ich ja noch nie gesehen.«

Nachdenklich kratzte sich Peter am Kinn. »Als wenn vorne am Schuh ein dreieckiges Stück herausgeschnitten worden wäre.«

»Verrückt«, sagte Larry Conklin kopfschüttelnd.

Justus richtete sich wieder auf. Er lächelte geheimnisvoll in sich hinein. »Nicht, wenn wir den Fokus von unseren Breitengraden abwenden und nach Fernost richten.«

»Hä?« Peter machte ein Gesicht, als hätte der Erste Detektiv gerade verkündet, eine Karriere als professioneller Ballett-Tänzer anzustreben.

»Wenn man es weiß, ist es ganz einfach«, entgegnete Justus. »Welche Person auch immer sich hier in den Büschen aufgehalten hat, trug sogenannte *Tabi* – eine strumpfartige traditionell japanische Fußbekleidung. Ein klassisches Charakteristikum ist der abgeteilte große Zeh, der es ermöglicht, die Tabi in den gleichfalls traditionellen Riemensandalen, den *Zōri*, zu tragen.«

»Japan ...«, raunte Peter.

Justus deutete auf den Abdruck. »Hier ist allerdings klar ersichtlich, dass die betreffende Person keine Zōri trug. Andernfalls würde der Abdruck nicht diese typische Einkerbung, sondern eine durchgehend rechteckige oder ovale Form aufweisen.«

»Du meinst, der Typ ist hier ... auf Socken durchs Dickicht geschlichen?«, fragte Bob verdutzt.

»›Geschlichen‹ ist das richtige Stichwort«, erwiderte Justus. »Tabi gibt es in diversen Gestaltungsformen, unter anderem mit einer verstärkten Sohle, die es erlaubt, die Tabi auch ohne Schuhwerk zu tragen. Auf diese Weise wird eine nahezu lautlose Fortbewegung sowohl in Innenräumen als auch im freien Gelände möglich.«

»Wie praktisch«, murmelte Conklin.

Die Augen des Ersten Detektivs wurden schmal. »Interessanterweise nutzte auch ein besonderer Personenkreis des antiken Japan mitunter diese spezielle Fußbekleidung.«

Peter biss sich auf die Lippe. »Ich ahne etwas ...«

Die folgenden Worte von Justus machten endgültig klar, dass die drei ??? es mit einem neuen Fall zu tun hatten.

»Die Samurai.«

Ein seltsames Haus

Während der Zweite Detektiv leise stöhnend die Augen verdrehte, beugte sich Bob zu einem Dornenstrauch vor und zupfte einen schmalen Gegenstand ab. Er betrachtete ihn kurz, dann blickte er aufgeregt reihum.

»Es wird sogar noch besser …«

»Inwiefern?«, fragte Justus neugierig.

Bob hielt ein Stück Stoff in die Höhe. »Der Eindringling trug nicht nur japanische Tabi, sondern auch ein kobaltblaues Kleidungsstück, das mit *weißen Leoparden* verziert ist.«

Peters heisere Stimme war kaum zu hören. »Das Gewand des Shoguns …«

Für einen kurzen Moment herrschte erstauntes Schweigen.

»Zur Leoparden-Erscheinung kommt nun also noch der Samurai-General hinzu«, stellte Larry Conklin dann mit ernster Miene fest.

»Um genau zu sein, dessen Vorgaukelung, denn selbstverständlich handelt es sich nicht um einen echten Shogun«, präzisierte der Erste Detektiv mit schiefem Blick auf Peter, der jedoch still blieb. »Womit wir wieder bei dem vermuteten Motiv sind: Will jemand Mr Fairfax mit einer vermeintlich zum Leben erwachten Fluch-Legende in Angst und Schrecken versetzen?«

Bob rieb sich nachdenklich die Nasenwurzel. »Wenn ja, dann war die Leoparden-Inszenierung nicht sonderlich gut organisiert, denn Fairfax hat von der kurzen Erscheinung ja offenbar gar nichts mitbekommen.«

»Ich tippe eher darauf, dass der falsche Shogun von mir aufgescheucht wurde und dann das Weite gesucht hat«, wandte Conklin ein. »Andernfalls wäre die ›Show‹ sicherlich weitergegangen.«
»Das sehe ich ebenso«, pflichtete Justus bei und deutete auf einen mächtigen Findling, der aus dem Gebüsch hervorragte. »Und ich bin mir ziemlich sicher, dass der Täter seine Raubkatzen-Täuschung auf diesen großen hellen Stein projiziert hat. Deshalb sah das Fell so aus, als ob es leuchtet. Allerdings bringt uns das immer noch nicht der Antwort auf die Frage näher, wer hinter diesem Spuk stecken könnte.«
Bob wies zur Villa hinüber. »Von dir, Larry, wissen wir ja, dass sowohl Zachary als auch die beiden Bediensteten bei Mr Fairfax im Haus waren.«
»Keiner von ihnen hätte also ausreichend Zeit gehabt, um Sekunden später als Shogun verkleidet samt Geister-Leopard hier im Gebüsch herumzuspuken«, folgerte Peter.
»Korrekt – es muss sich somit um einen Außenstehenden handeln.« Nachdenklich zupfte Justus an seiner Unterlippe. »Hast du bei deiner Verfolgungsjagd zufällig auf die Füße von Satoshi Miyazawa geachtet?«
Skeptisch sah Conklin den Ersten Detektiv an. »Denkst du ernsthaft, dass ein schwerreicher Industrie-Baron aus Japan sich hier in einen Busch hockt und irgendeinen Raubkatzen-Zauber veranstaltet?«
»Das habe ich nicht gesagt«, korrigierte Justus. »Ich stelle lediglich eine Theorie in den Raum.«
»Und die lautet?«, fragte Bob.
»Nun, auf der einen Seite haben wir einen Antiquitäten-Jäger,

der sich unbedingt in den Besitz einer wertvollen Prunkschale bringen möchte. Und auf der anderen Seite gibt es einen starrsinnigen, höchst abergläubischen Sammler, der besagte Schale auf keinen Fall verkaufen will.«

»Verstehe«, erwiderte Conklin. »Da könnte ein böser Mensch auf die Idee kommen, einen gefürchteten Fluch zum Leben zu erwecken, um Fairfax doch zum Umdenken zu bewegen.«

»Zumal der Japaner einen direkten Bezug zu den historischen Traditionen seines Landes hat«, ergänzte Justus.

Peter schüttelte den Kopf. »Also, wenn dieser Miyazawa wirklich so eine verrückte Strategie verfolgt, dann hat er inzwischen die Fußbekleidung gewechselt. Vorhin trug er nämlich schwarz glänzende Lederschuhe.«

»Wäre ja auch ziemlich dämlich, bei helllichtem Tag völlig unmaskiert herumzulaufen und dabei Teile einer Verkleidung zu tragen, die die Fluch-Erscheinung sofort als Schwindel entlarven würden«, gab Bob zu bedenken.

»Sofern wir von einem rational denkenden Täter ausgehen, wäre das zweifellos ein unlogisches Vorgehen«, gab der Erste Detektiv zu und seufzte. »Fakt ist, dass wir zum jetzigen Zeitpunkt noch keine brauchbaren Einzelheiten über den mutmaßlichen Täter kennen.«

»Außer dass er eine bizarre Fantasie hat«, fügte Conklin an.

»Vollkommen zutreffend.« Eingehend betrachtete Justus nochmals den Fundort. »Im Gegensatz zum Shogun sind von dem weißen Leoparden oder der Technik seiner Erzeugung keinerlei Hinweise zu entdecken.« Neugierig bahnte er sich nun einen Weg durch die dichten Büsche und kletterte anschließend über den schulterhohen Metallzaun, der hier das

Grundstück zur Straße hin abgrenzte. Bob, Peter und Larry folgten ihm.

»Da!« Der Zweite Detektiv deutete auf einen breiten sandigen Streifen zwischen Gehsteig und Straße. »Da sind noch mehr von diesen komischen Abdrücken.«

»Und sie enden …«, neugierig kniete sich Bob hin, »… direkt vor diesen Reifenspuren im Sand.«

Justus nickte. »Das lässt vermuten, dass die fragliche Person genau an dieser Stelle in einen Wagen gestiegen ist.«

»Muss ein ziemlich seltsames Auto sein.« Conklin beugte sich vor. »Jedenfalls sind die Spuren deutlich breiter als bei normalen Autoreifen.«

»Gleichzeitig aber schmaler als bei einem Radbagger oder anderen Baufahrzeugen«, ergänzte Justus.

Nachdenklich sah Bob links und rechts die Straße hinunter. »Außerdem ist weit und breit keine Baustelle zu sehen. Wirklich seltsam.«

»Wir sollten diese außergewöhnliche Spur auf jeden Fall genau dokumentieren«, entschied der Erste Detektiv. »Hat jemand ein Maßband dabei?«

»Nicht irgendeins, sondern ein ganz besonderes«, erwiderte Peter mit bedeutungsvoller Miene und zog einen schmalen schwarzen Gegenstand aus seiner Tasche. »Das habe ich neulich im Baumarkt entdeckt und gleich gekauft. Mein altes war ja schon ziemlich hinüber.« Theatralisch präsentierte er seinen Kauf auf der rechten Handfläche. »Darf ich vorstellen: mein nagelneues Multiflex-Stahlmaßband, ausziehbar bis drei Meter, automatischer Bandeinzug, gleitender Endhaken, zweiteiliger Bandstopp für exakte Einrastung. Und natürlich …«, er hielt das ergonomisch geformte Gehäuse ins Sonnenlicht, »... habe ich die mattschwarze Version genommen und nicht die verchromte, die man bei Sonnenlicht meilenweit reflektieren sehen würde.«

Mit gespielt würdevollem Gesichtsausdruck senkte Justus den Kopf. »Ich neige andächtig mein Haupt angesichts deines überaus weisen Einkaufs. Wäre es nach dieser beeindruckenden Vorstellung nun erlaubt, dieses Prachtstück der Ingenieurskunst seinem eigentlichen Zweck zuzuführen?«

»Klar, leg los!« Grinsend warf Peter das Maßband dem Ersten Detektiv zu, der es geschickt auffing und mit der Vermessung des Abdrucks begann.

Währenddessen machte Bob erneut mehrere Fotos. »Auch das extrem grobe Reifenprofil ist ungewöhnlich. Mal sehen, was ich später dazu recherchieren kann.«

»Auf jeden Fall haben wir es mit einem ziemlich modernen Shogun zu tun«, stellte Peter fest. »Immerhin benutzt er zur Fortbewegung kein Pferd, sondern ein Fahrzeug.«

»32,5 Zentimeter.« Justus strich sich eine Haarsträhne aus der Stirn. »Falls es sich tatsächlich um Miyazawa handeln sollte, benutzt er mehr als nur *einen* Wagen. Diese Reifenspuren gehören nämlich definitiv nicht zu einem Buick ...«

Nachdem sämtliche entdeckten Spuren gesichert waren, gingen die vier wieder in den Garten, wo Larry mehrere golfballgroße Bewegungsmelder an sorgsam dafür ausgesuchten Stellen platzierte. Danach traten sie den Rückweg zur Villa an.

»Und ... wie sollen wir mit dem Leoparden-Vorfall nun umgehen?«, fragte Conklin unsicher.

Justus drehte sich noch mal zu den Oleanderbüschen um.

»Solange wir keine verwertbaren Hinweise auf eine konkrete Person haben, sollten wir die Sache vorerst für uns behalten. Schließlich wäre Mr Fairfax nicht damit gedient, die ohnehin angespannte Atmosphäre im Haus weiter zu belasten, ohne dass wir ihm einen Lösungsansatz bieten können.«
»Das sehe ich genauso«, stimmte Bob zu.
Peters Miene verdunkelte sich. »Wir müssen also darauf warten, dass der verfluchte Shogun wieder zuschlägt ...«

Zurück im Haus begann für die drei Detektive die Aktion ›So tun als ob‹ mit der Verkabelung eines Bedienpults im Ausstellungsraum. An der Seite des Sicherheitsexperten tätigten sie möglichst professionell aussehende Schein-Handgriffe. Auf Mr Fairfax mussten sie dabei nicht achten, da er sich immer noch im oberen Teil der Villa aufhielt. Auch von der Hausdame war nichts zu sehen. Der Butler hingegen war unvermittelt nebenan im Wohnsalon aufgetaucht und hantierte nun mit einem Staubwedel an verschiedenen vollkommen sauber aussehenden Möbeln herum, teilweise ohne sie überhaupt zu berühren.
»Einfach blödsinnig«, flüsterte Conklin kopfschüttelnd. »Wir sind viel zu weit weg, als dass wir da drüben irgendetwas schmutzig machen könnten.«
»Für mich ist die Sache klar«, gab Justus leise zurück. »Der Butler hat von Fairfax den Auftrag erhalten, irgendwelche Tätigkeiten vorzutäuschen, um uns im Auge zu behalten.«
Peter schnaufte leise. »Und das nennt sich dann Arbeit!«
»Äh ...« Der dritte Detektiv deutete vielsagend auf einen Schraubenzieher, mit dem er schon seit mehreren Minuten an

irgendwelchen nicht vorhandenen Schrauben herumdrehte. »Unser Pseudo-Handwerk hier ist ja wohl auch nicht gerade der Gipfel der Produktivität.«

»Einspruch, Euer Ehren«, konterte Justus. »Rein technisch gesehen leisten wir zwar keinen Beitrag zur Einrichtung der Alarmanlage, aber wir sind dennoch *nicht* unproduktiv. Schließlich verfolgen wir gedanklich weiterhin den Fall ›Weißer Leopard‹ und halten gleichzeitig im Haus Augen und Ohren offen.«

»Apropos Augen ...« Peter warf durch das Vitrinenglas hindurch einen weiteren unauffälligen Blick auf den Butler. »Der Typ verdreht seinen Kopf wie eine Eule, damit er uns von seiner Position aus beobachten kann. In dieser Haltung könnte er den Staub gar nicht sehen, selbst *wenn* welcher da wäre ... Und jetzt macht er sich sogar irgendwelche Notizen.«

»Tja, dieser Francis hat tatsächlich ein ausgeprägtes Interesse daran, wie die Installation des Alarmsystems *genau* vonstattengeht«, gab Justus stirnrunzelnd zurück. »Hm ...«

»Woran denkst du?«, fragte Peter.

Der Erste Detektiv straffte sich. »Nun, wer auch immer hinter der Garten-Aktion mit dem Leoparden steckt, es wäre durchaus nicht ausgeschlossen, dass er oder sie einen Komplizen hier im Haus hat.«

»Der ihn über die Fluch-Angst von Fairfax informiert hat und ihn nun über die weiteren Vorgänge in der Villa auf dem Laufenden hält«, ergänzte Conklin mit ernster Miene.

Peter nickte. »Da wäre der Butler natürlich ideal.«

»Larry, weißt du zufällig, wo im Haus Francis sein Zimmer hat?«, erkundigte sich Justus.

»Ja, er und Miss Dutton haben jeweils ein eigenes Zimmer. Um die Alarmanlage passgenau planen zu können, habe ich von Mr Fairfax einen beschrifteten Grundriss des Gebäudes erhalten, Moment ...« Er öffnete seine große Werkzeugtasche, holte ein gefaltetes Stück Papier hervor und breitete es auf dem Sockel der Vitrine aus. »Hier – Francis bewohnt das Zimmer, das linker Hand direkt an den Ausstellungsraum angrenzt. Wenn du raus in den Flur gehst, ist es also die erste Tür rechts.«

»Du willst doch jetzt aber nicht das Zimmer des Butlers durchsuchen?«, fragte Peter misstrauisch.

»Aber nein«, erwiderte Justus breit lächelnd. »Das wirst nämlich *du* erledigen. Schließlich bist du derjenige, der mit seinem Dietrichset die Tür schnell und leise öffnen kann, falls sie verschlossen ist.«

Dem Zweiten Detektiv fiel die Kinnlade herunter. »Aber ... was ist, wenn man mich erwischt?«

»Keine Sorge, den Butler werden wir im Blick behalten und dich mit einem Klopfen warnen, wenn er den Wohnsalon verlässt«, entgegnete Justus gelassen, dann tippte er auf den Grundriss. »Ein Gleiches gilt für Mr Fairfax, falls er vom Billardsalon wieder herunterkommt.«

Bob deutete auf ein Fenster. »Miss Dutton stellt momentan ebenfalls kein Risiko dar – sie steht im Vorgarten und telefoniert.«

Für einen Moment schwieg Peter mit mürrischem Gesicht. Dann knuffte Justus ihn spielerisch in die Seite. »Na, komm schon, Zweiter. Wenn alle Stricke reißen, kannst du immer noch eine Ausrede benutzen. Zum Beispiel könntest du sagen,

dass für die präzise Ausrichtung des Alarmsystems jedes Zimmer vermessen werden muss.«
»Prima Idee«, stimmte Conklin zu. »Diese Anlage ist derart komplex, dass wir so ziemlich alles behaupten können.«
Nach einem weiteren Augenblick gab Peter ein lang gezogenes Seufzen von sich, nickte mit grimmiger Miene und zog sein Maßband aus der Hosentasche. »Naaa gut. Dann werde ich jetzt hier mit meinen ›Messungen‹ beginnen und mich dann allmählich aus Francis' Blickfeld herausbewegen. Wir wollen ja nicht, dass er misstrauisch wird, wenn ich plötzlich verschwinde.«
»Ausgezeichnet, Kollege!«, lobte Bob.
Peter hob die Schultern. »Aber ... wonach genau soll ich denn Ausschau halten?«
Der Erste Detektiv machte eine ausgreifende Geste. »Na, nach allem, was in irgendeiner Form verdächtig ist.«
Nachdem der Zweite Detektiv mit dem Maßband zunächst in direkter Nähe der Vitrine einige Handgriffe durchgeführt hatte, bewegte er sich Meter für Meter auf die Flurtür zu. Da sie einen Spalt offen stand, konnte er lautlos den Raum verlassen. Der Flur war leer und auch bei der Tür zum Zimmer des Butlers hatte der Zweite Detektiv Glück: Sie war nicht verschlossen. Das Erste, was Peter beim Eintreten auffiel, war die bemerkenswerte Größe des Raums, an dessen Wänden überall deckenhohe Bücherregale standen. »Da würde mein eigenes Zimmer ja locker viermal reinpassen«, murmelte er verblüfft. »Dafür ist meins schöner eingerichtet. Und heller.«
Tatsächlich herrschte wegen der zugezogenen schweren Gardinen schummriges Halbdunkel. Außer den Regalen gab es nur

noch ein Bett, einen Schrank, einen Schreibtisch und einen Drehstuhl.
Peter ließ seinen Blick über die Bücherreihen schweifen und überflog einige Titel. »›Von Gettysburg bis Midway – Die bedeutendsten Schlachten der Historie‹, ›Lexikon der Militärflugzeuge‹, ›Amerikanische Rüstungsgeschichte vom Zweiten Weltkrieg bis heute‹.« Er runzelte die Stirn. »Dieser Francis scheint ja sehr spezielle Interessen zu –« Bevor der Zweite Detektiv den Satz beenden konnte, tauchte urplötzlich ein Schatten vor der Gardine am Fenster auf!

Die Ruhe vor dem Sturm

Für einen Moment war Peter wie erstarrt. Dann wurde ihm klar, dass die Person dort draußen ihn durch die Gardinen hindurch unmöglich sehen konnte. Er war also nicht entdeckt worden. Nach kurzem Durchatmen erwachte sein detektivischer Instinkt. Leise ging er zum Fenster hinüber und lauschte. Er vernahm die aufgewühlt klingende Stimme von Miss Dutton. Viel war es nicht, was der Zweite Detektiv verstehen konnte, doch bei einem Satz war er sich ganz sicher: »Das ... ist sehr viel Geld – aber ich werde es beschaffen, irgendwie!« Leider verschwand der Schatten nun wieder und die Stimme verstummte. Peter wartete noch einige Sekunden, aber sie kam nicht zurück. Daraufhin wandte er sich dem Schreibtisch zu: ein Wählscheibentelefon, ein Kofferradio, ein Becher mit Kugelschreibern, ein aufgeschlagenes, halb ausgefülltes Kreuzworträtsel der Los Angeles Post, das war alles. Kein Fernseher, kein Computer – trotz seines Interesses für Militär- und Rüstungsgeschichte schien der Butler eine Abneigung gegen moderne Technologien zu haben. Auch die beiden Schubladen, die der Zweite Detektiv aufzog, offenbarten außer einer Mappe mit Rechnungen und einem Stadtplan von Bel Air nichts Auffälliges. Dasselbe galt für den Kleiderschrank, in dem Francis mehrere Ersatz-Uniformen und auf Hochglanz polierte Schuhe aufbewahrte.

»Das war jetzt nicht wirklich ergiebig«, murmelte Peter und schloss die Schranktür.

Achselzuckend entschied sich der Zweite Detektiv für einen

unauffälligen Rückzug. Gerade wollte er sich umwenden, da fiel sein Blick auf zwei kleine Figuren in einem der Regale. Peters Augen weiteten sich. Die Doppelskulptur zeigte einen Samurai in voller Kampfrüstung – und einen sich aufbäumenden, zähnefletschenden weißen Leoparden.

In derselben Sekunde ertönte von nebenan hektisches Klopfen an der Wand! Alarmiert hastete Peter in den Flur und schloss leise die Zimmertür. Draußen hörte er bereits nahende Schritte – bis in den Ausstellungsraum würde er es nicht mehr schaffen. Eilig zerrte er sein Maßband hervor und legte es an einer Zierleiste an der Wand an.

»85 Zentimeter an Position 9!«, rief er dann demonstrativ laut, während ein sichtlich irritierter Francis den Flur betrat.

»Alles klar!«, kam es von nebenan zurück.

Ungehalten hob der Butler die Hand. »Bitte, mäßigen Sie Ihren Geräuschpegel – Master Fairfax hat ausdrücklich um Ruhe ersucht.«

»Oh, natürlich, verzeihen Sie«, entgegnete Peter mit schuldbewusster Miene. »Ich bin hier jetzt ohnehin fertig.« Mit diesen Worten schob der Zweite Detektiv das Maßband wieder zusammen und drehte sich um. Während er auf die Tür zum Ausstellungsraum zutrat, bemerkte er aus den Augenwinkeln, wie der Butler ihm misstrauisch nachsah.

Zurück bei seinen Freunden wischte sich Peter erst mal über die erhitzte Stirn. »Puh ... das war wirklich knapp.«

»Ich habe so rasch reagiert wie möglich«, erklärte Bob. »Aber es ging alles so schnell. Auf einmal hat Francis den Staubwedel weggelegt und ist losmarschiert.«

»Wahrscheinlich ist ihm deine lange Abwesenheit aufgefal-

len«, vermutete Conklin. »Und das hat seinen Argwohn geweckt.«
»Das denke ich auch.« Lächelnd blickte Justus den Zweiten Detektiv an. »Aber dank deiner Reaktionsschnelligkeit ist ja alles noch mal gut gegangen.«
»Und?«, fragte Bob gespannt. »Hast du in Francis' Zimmer etwas Verdächtiges entdeckt?«
Peter lehnte sich an die Wand. »Ob's verdächtig ist, weiß ich noch nicht. Seltsam war es auf jeden Fall.« Er berichtete von Francis' Bücherregalen und den beiden Figuren.
»Hmm …« Nachdenklich zupfte Justus an seiner Unterlippe. »Das ist in der Tat eine bemerkenswerte Überschneidung. Und sie verdeutlicht, dass wir unbedingt Einzelheiten über die Samurai-Legende in Erfahrung bringen müssen.«
»Das war aber noch nicht alles«, ergänzte Peter. »Zufällig konnte ich vor dem Fenster von Francis' Zimmer einen kurzen Ausschnitt des Telefonats von Miss Dutton belauschen.«
»Und was hast du gehört?«, wollte Conklin wissen.
»Viel war es nicht«, räumte der Zweite Detektiv ein. Dann senkte er die Stimme. »Aber immerhin konnte ich herausfinden, dass nicht nur Zacharys Vater dringend eine Menge Geld braucht …«

Bald darauf machte das Quartett Feierabend. Der Butler geleitete Conklin und die Jungen zum Eingangsportal, Mr Fairfax ließ sich nicht mehr blicken. Draußen warfen sie nochmals einen eingehenden Blick auf den Garten, entdeckten jedoch nichts Außergewöhnliches.
»Eigentlich würde ich ja liebend gern Nachtwache halten, um

zu schauen, ob der falsche Shogun wieder auftaucht«, sagte Justus nachdenklich. »Aber heute feiern Tante Mathilda und Onkel Titus Firmenjubiläum und sie haben Peter, Bob und mich eingeladen, gemeinsam mit ihnen zu feiern und schön essen zu gehen.«

»Tja, und ich muss noch zu einem Termin in Santa Monica«, gab Larry zurück. »Aber keine Sorge – zwar können wir die Sicherung des Gartens und damit den Zusammenschluss des Gesamtsystems erst morgen durchführen, aber das Haus ist schon jetzt vollständig geschützt. Selbst wenn dieser Möchtegern-Samurai nochmals auftauchen sollte, kann er nicht in die Villa eindringen, ohne sofort Alarm auszulösen.«

»Beruhigend«, stellte Bob fest.

Justus seufzte leise. »Unter diesen Umständen dürfte es in der Tat vertretbar sein, wenn wir jetzt abrücken. Spätestens morgen werden wir ja erfahren, ob Mr Fairfax nächtlichen Besuch erhalten hat …«

Vor dem Abschied nannte Justus dem Sicherheitsfachmann noch seine Handynummer – für den Fall der Fälle. Den Abend mit Tante Mathilda und Onkel Titus genossen die Jungen bei köstlichem indischen Essen und vielen Firmen-Anekdoten. Da es recht spät wurde und sie am nächsten Morgen wieder früh rausmussten, kam Bob nun doch nicht mehr dazu, die geplanten Recherchen zum legendären Shogun durchzuführen.

So kehrten die Jungen am nächsten Tag ohne neue Erkenntnisse zur Fairfax-Villa zurück, wo Larry Conklin sie in der Auffahrt begrüßte.

»Guten Morgen, ihr drei! Na, habt ihr schön gefeiert?«

»Ja, es war klasse«, bestätigte der Zweite Detektiv. »Und als besonderes Highlight haben wir Justus beim Feuerspeien erlebt, weil er es mit einer superscharfen Chili-Paste übertrieben hat.«

»Er wollte heldenhaft demonstrieren, dass er es auch mit höchsten indischen Schärfegraden aufnehmen kann, obwohl die Kellnerin ausdrücklich davon abgeraten hat.« Bob grinste breit. »Da hätte er wohl besser auf sie hören sollen – noch vor dem Hauptgang hat sich die Verdauung gemeldet. *So* schnell habe ich ihn noch nie zur Toilette flitzen sehen.«

Gereizt verdrehte Justus die Augen. »Vielleicht solltet ihr einfach Plakate drucken lassen, damit auch wirklich *jeder* darüber Bescheid weiß.«

Aufmunternd klopfte ihm Larry auf die Schulter. »Mach dir nichts draus – ich hatte auch schon das eine oder andere Chili-Erlebnis, auf das ich gerne verzichtet hätte.«

»Apropos Erlebnis«, versuchte Peter zu einem anderen Thema überzuleiten. »Ist hier irgendwas vorgefallen, seit wir weg waren?«

»Nein, zum Glück blieb nachts alles ruhig – keine ungewöhnlichen Vorkommnisse«, erwiderte der Sicherheitsexperte. Er atmete tief ein und blickte zur Villa hinüber. »Und wenn alles nach Plan läuft, kann ich in ein paar Stunden das zusammengeschlossene System hochfahren. Danach ist endgültig Schluss mit dem Garten-Spuk und wir können den Fall ›Weißer Leopard‹ ad acta legen.«

»Ohne dass wir geklärt haben, was auf dem Grundstück vorgefallen ist?«, fragte der Erste Detektiv mit spürbarem Widerwillen.

»Falls ihr das nicht in den nächsten Stunden hinbekommt, dann ja. Sobald ich meinen Auftrag ausgeführt habe, können wir gegenüber Mr Fairfax nicht begründen, warum wir noch weiter hierbleiben sollten.«

Bob verzog die Mundwinkel. »Weil wir ihm nichts vom falschen Shogun und seiner leuchtenden Geisterkatze erzählen können. Der komische Kauz würde vermutlich durchdrehen.«

Peter nickte. »Dann drücken wir mal die Daumen, dass wir den Möchtegern-Samurai heute noch schnappen können ...«

Doch die Hoffnung der Jungen erfüllte sich nicht. Stattdessen entwickelte sich der Arbeitstag für die drei ??? zu einem absoluten Reinfall. Kriminologisch gesehen herrschte gänzliche Flaute – es passierte rein gar nichts Auffälliges. Zachary war außer Haus, Tyrone Fairfax hatte sich erneut irgendwohin zurückgezogen und die beiden Bediensteten ließen sich kaum blicken. Weder kehrte der weiße Leopard zurück noch tauchte der undurchsichtige Mr Miyazawa auf. Und auch einige weitere heimlich durchgeführte Untersuchungen der drei ??? in Villa und Garten erbrachten keine neuen Erkenntnisse.

»Null Komma null ...«, zischte Justus genervt, während er Conklin dabei half, eine Kunststoffverblendung über einem Kabel anzubringen. »Das ist doch zum Verrücktwerden!«

»Also, ich bin ehrlich gesagt ganz froh, dass meine böse Vorahnung nicht eingetreten ist«, stellte der Sicherheitsexperte fest. »Auf weitere Vorfälle kann ich gut und gern verzichten.«

»Aus deiner Perspektive ist das ja auch mehr als verständlich«, räumte Justus ein. »Aus *detektivischer* Sicht hingegen ist es sehr unbefriedigend, dass wir keine weiteren Erkenntnisse zu den seltsamen Geschehnissen gewinnen konnten.«

»Wirklich sehr enttäuschend das Ganze«, stimmte Bob mit betretener Miene zu.
Auch Peter seufzte leise. »Normalerweise habe ich es ja nicht so mit Geistern, aber diesen dreisten Shogun hätte ich echt gern zur Strecke gebracht.«
Doch sosehr sich die drei Detektive eine Verlängerung ihres Aufenthalts wünschten – es kam nicht dazu. Der Zusammenschluss des Luxus-Alarmsystems gestaltete sich völlig problemlos, sodass Conklin den Börsenmakler bereits gegen ein Uhr mittags in die Bedienung der Anlage einführen konnte. Soeben deutete er auf eine rote Taste auf dem Bedienpult im Ausstellungsraum.
»Es ist alles so wie gestern, nur dass jetzt der Garten zugeschaltet ist. Nachdem Sie also Ihren neunstelligen Zahlencode eingegeben haben, müssen Sie nur noch hier drücken, und das System ist vollständig aktiviert. Für die Deaktivierung gilt dann Ihre zweite Kombination. Natürlich können Sie Ihr Grundstück auch sichern, wenn Sie außer Haus sind. Zu diesem Zweck gibt es jeweils ein entsprechendes Bedienfeld am Eingangsportal und am Zufahrtstor.«
»Gutgutgutgutgut ...« Tyrone Fairfax zupfte am Kragen seines grünen Bademantels, den er auch jetzt wieder trug. Dann flüsterte er: »*Endlich* ist der Leopard in Sicherheit ...«
Nun zückte Larry Conklin ein Klemmbrett mit mehreren Papierbögen, setzte seine Unterschrift auf die letzte Seite und überreichte dem Sammler mit breitem Lächeln das Dokument.
»Mr Fairfax, es ist mir eine Freude, Ihnen hiermit per Zertifikat die hundertprozentige Einsatzbereitschaft der *Safe-T-System Royal Defence Unit* zu bestätigen.«

Der Börsenmakler nahm das Dokument entgegen und ergriff dann zögerlich Conklins ausgestreckte rechte Hand.

Kurz darauf fanden sich die Jungen und der Sicherheitsexperte noch einmal vor Conklins Lieferwagen ein.
Skeptisch sah Larry den Ersten Detektiv an. »Du machst ein Gesicht, als ob man für dieses Jahr das Weihnachtsfest gestrichen hätte.«
»Ach, mich nervt es einfach, dass alle offenen Fragen rund um den Weißen Leoparden ungeklärt geblieben sind«, gab Justus grummelnd zurück. »Deine bizarre Beobachtung im Garten, die seltsamen Fuß- und Reifenspuren und nicht zuletzt das verdächtige Verhalten von Mr Miyazawa. All das sind klassische Komponenten eines sich anbahnenden Falls!«
»Sie waren es vielleicht«, korrigierte Conklin entschlossen. »Aber spätestens seit heute nicht mehr. Ab jetzt ist hier die beste Alarmanlage aktiv, die es weltweit gibt. Kein Außenstehender kann bei eingeschaltetem System auf das Grundstück, geschweige denn in die Villa eindringen, ohne bemerkt zu werden. Alles ist doppelt gesichert.« Er deutete zum Garten hinüber. »Wer auch immer da herumgespukt hat, er oder sie wird nicht mehr die Gelegenheit haben, meinem Klienten zu schaden. Fairfax und seine Prunkschale sind absolut sicher. Punkt.«
Justus presste die Lippen zusammen. Es kam selten vor, dass er bei einer Diskussion den Kürzeren zog, aber diesmal war es so, und das wusste er.
Missmutig strich sich Peter eine Strähne aus der Stirn. »Ist ein ziemlich blödes Gefühl, einen Fall nicht gelöst zu haben und

trotzdem abzureisen. So als wenn man bei einem 100-Meter-Sprintfinale nach 50 Metern plötzlich stehen bleibt und wieder umdreht.«

»Wahre Worte«, brummte Bob. »Aber wir haben keine Wahl. Schließlich können wir nicht die nächsten Tage oder Wochen ständig nach Bel Air pendeln und auf gut Glück dieses Anwesen beschatten.«

Conklin lächelte aufmunternd. »Kein Grund, euch irgendwelche Vorwürfe zu machen. Ich hatte euch engagiert, weil mir der Leopard im Garten nicht geheuer war. Dank eurer Entdeckungen wissen wir jetzt, dass da jemand in japanischer Kleidung herumgespukt hat. Dass der Typ nicht wieder auftaucht, konnte ja keiner wissen. Jedenfalls war eure Anwesenheit ein großer Rückhalt und dafür möchte ich euch von Herzen danken.« Der Sicherheitsexperte zückte seine Geldbörse.

Abwehrend hob der Erste Detektiv die Hand. »Du musst uns nichts bezahlen, wir –«

»Ihr nehmt kein Honorar, ich weiß«, unterbrach ihn Conklin fröhlich. »Aber ich bestehe darauf, dass ich euch zumindest die Fahrtkosten der letzten zwei Tage erstatte – mit einem kleinen Bonus für einen anständigen Eisdielen-Besuch. Das habt ihr euch mehr als verdient.«

Nun strahlte auch Justus wieder. »Angesichts einer solch bestechenden Argumentation dürfte es wohl zulässig sein, von unserer Firmenregel mal eine Ausnahme zu machen.«

Bob und Peter hoben gleichzeitig ihre Daumen in die Höhe. »Zustimmung!«

Nach dem Abschied von Larry Conklin nahmen die Jungen an, nicht so bald wieder von ihm zu hören. Doch da täuschten sie sich.

Einige Tage vergingen, ohne dass sich etwas tat. Doch am darauffolgenden Samstagmorgen – dem Wochenende vor dem Memorial-Day-Feiertag am Montag – wurde der Erste Detektiv durch das Klingeln seines Handys geweckt. Mit leisem Stöhnen blickte der Erste Detektiv auf seinen Radiowecker, der gerade erst zehn vor sieben anzeigte. Dann rollte er sich aus dem Bett, schwankte zum Schreibtisch und griff nach seinem Mobiltelefon. »Ha…hallo?«, meldete er sich stockend. Er befand sich noch immer im Halbschlaf. Doch das änderte sich augenblicklich.

»Hier ist Larry! Wir müssen sofort nach Bel Air!«

Entgeistert runzelte Justus die Stirn. »W-warum denn?«

Die nun hervorgekeuchte Antwort jagte dem Ersten Detektiv einen Schauer über den Rücken.

»Der Weiße Leopard – *er ist gestohlen worden*!!«

Ein Phantom schlägt zu

»Dann hat der Alarm –«, setzte Justus an.

»Es gab keinen Alarm!«, rief Conklin außer sich. »Gerade hat der Safe-T-System-Notfallservice bei mir angerufen. In die Fairfax-Villa ist eingebrochen worden, *ohne* dass der Alarm ausgelöst wurde! Das Ganze ist eine riesige Katastrophe!«

Justus, der nun hellwach war, verabredete mit Larry, ihn mit seinen Freunden abzuholen, um dann gemeinsam nach Bel Air zu fahren. Conklin in seinem jetzigen Zustand hinter ein Steuer zu setzen, wäre sicherlich keine gute Idee gewesen. Zwanzig Minuten später befanden sich alle vier in Bobs Käfer auf dem Pacific Coast Highway in Richtung Osten.

Der Sicherheitsexperte war sehr blass, hatte sich aber inzwischen ein wenig gefangen. »Unmöglich ... einfach unmöglich«, raunte er mit verschleiertem Blick. »Kein Unbefugter kann die *Royal Defense Unit* außer Kraft setzen – das ist vollkommen ausgeschlossen.«

»Und dennoch schlug kein Alarm an, als ein Einbrecher sich Zutritt zur Villa verschaffte und anschließend den Weißen Leoparden entwendete«, fügte Justus grüblerisch an.

Fassungslos schüttelte Peter den Kopf. »Absolut rätselhaft.«

»Und ... wenn es *kein* Unbefugter war«, setzte der dritte Detektiv nachdenklich an, »sondern jemand aus dem Haus?«

Mit verengten Augen blickte Justus auf die in der Sonne blinkende Blechlawine des morgendlichen Verkehrs, der sich in Richtung Los Angeles voranwälzte. »Diese zentrale Frage wird direkt vor Ort zu klären sein ...«

Wegen eines langen Staus in Pacific Palisades verzögerte sich die Ankunft allerdings erheblich. Als die vier gegen zwanzig nach neun schließlich am Ziel eintrafen, konnten sie gerade noch sehen, wie sich ein Streifenwagen vom Anwesen entfernte. Offensichtlich hatte die Polizei ihre Spurensicherung bereits abgeschlossen.

Die Code-Tastatur am Zufahrtstor wies keine Fingerabdrücke auf, wie Peter nach kurzem Check feststellte. Vor dem Eingangsportal der Villa registrierten die Ankömmlinge, dass das Türschloss keine erkennbaren Einbruchsspuren zeigte. Das Bedienfeld für die Alarmanlage wirkte gleichfalls unberührt und auch hier waren keine Fingerabdrücke zu entdecken.

Als sich die Tür nach zweimaligem Klingeln öffnete, stand nicht der Butler in der Tür, sondern Tyrone Fairfax persönlich. Fassungslos riss der Börsenmakler die Augen auf und sein Gesicht nahm eine tiefrote Farbe an. »Sie haben Nerven, hier noch mal aufzutauchen!« Mit ausgestrecktem Zeigefinger deutete er auf Conklin. »Aber eins kann ich Ihnen versichern: Ich habe der Polizei *alles* gesagt!«

Der Sicherheitsexperte blinzelte irritiert. »Äh ... was haben Sie der Polizei gesagt?«

»Na, was wohl?«, blaffte Fairfax zurück. »Dass *Sie* am Verschwinden des Weißen Leoparden schuld sind!«

»*Wie bitte?*« Für einen Moment war Larry Conklin wie erstarrt.

Auch Justus, Peter und Bob waren sichtlich bestürzt.

»Jetzt tun Sie nicht so überrascht!«, keifte der Sammler. »Glauben Sie ernsthaft, das nehme ich Ihnen jetzt noch ab?«

Nun kehrten Conklins Lebensgeister zurück. »Das ist ja vollkommen absurd! Ich war die ganze Nacht zu Hause in Rocky Beach!«

»Wo Sie waren, spielt doch überhaupt keine Rolle!«, schrie Fairfax ihn an. »Sie haben bezüglich der Anlage *gelogen* und dadurch den Fluch des Shoguns heraufbeschworen!«

Sprachlos starrten die Jungen und Conklin ihn an.

»Wie ... meinen Sie das, Sir?«, fragte Justus dann verwirrt.

»Wie ich das meine?« Der Börsenmakler wirbelte herum. »Das werde ich euch zeigen – kommt!« Mit diesen Worten marschierte er in den Flur hinein.

Conklin und die drei Detektive folgten ihm. Von Zachary, der Hausdame und dem Butler war nichts zu sehen oder zu hören. Im Ausstellungsraum sah alles noch so aus wie zuvor – bis auf die leere, mit Absperrband umschlossene Vitrine, deren Glastür grob, vermutlich mit einem Brecheisen, aufgestemmt worden war. Mr Fairfax verharrte jedoch nicht am Ort des Geschehens, sondern stapfte weiter in den Wohnsalon. Dort hielt er vor dem Bücherregal, an dem der Butler bei seinen vermeintlichen Putzaktionen die meiste Zeit verbracht hatte. Nun klappte der Hausherr einen großen, mit einem kaum erkennbaren runden Sichtfenster versehenen Buchdeckel auf, hinter dem eine Minikamera nebst Monitor zum Vorschein kam.

»Ein Überwachungssystem«, hauchte Peter perplex.

»Also hat Francis tatsächlich nicht Staub gewischt«, fügte Bob an. »Er hat heimlich die Kamera justiert.«

»Auf meine Anweisung hin, ja!« Fairfax nickte ruckhaft. »Damit jeder Handgriff an der Vitrine genauestens dokumentiert wird, hatte er die Anweisung, regelmäßig die Bildqualität, die Schärfe, den Ausschnitt und so weiter zu kontrollieren.«

Bei jeder anderen Person hätten die drei ??? diesen immensen Aufwand merkwürdig gefunden, nicht aber bei einem übervorsichtigen Wirrkopf wie Tyrone Fairfax.

»Und anschließend diente die versteckte Kamera als zusätzliches Element zur Sicherung des Weißen Leoparden«, vermutete der Erste Detektiv. »Ich nehme an, die Polizei hat eine Kopie der Video-Datei mitgenommen?«

»So ist es.« Der Börsenmakler hob demonstrativ den Zeigefinger. »Da diese Kamera über eine Nachtsichtfunktion verfügt, hat sie den gesamten Vorfall aufgenommen – seht selbst!«

Mit ein paar Handgriffen rief Fairfax die gewünschte Stelle auf. Zunächst war im grünlichen Flimmern des Restlichtverstärkers nur die hoch aufragende Vitrine mit der Prunkschale zu sehen. Doch dann, exakt bei Zeitanzeige 0:31 Uhr, geschah es.

»Das … kann doch nicht …«, hauchte Peter fassungslos.

Auch seine Freunde und Larry waren angesichts der Szenerie wie versteinert. Die Gestalt, die sich mit geschmeidigen Bewegungen zielsicher durch den nachtdunklen Raum auf die Vitrine zubewegte, trug nämlich nicht wie erwartet dunkle Kleidung und eine Strumpfmaske oder ähnliche Tarnung.

Entgeistert beugte sich Bob näher zum Monitor vor. »Also, entweder habe ich Halluzinationen oder das da ist –«

»Der Shogun!«, brüllte Mr Fairfax.

Tatsächlich war trotz der dunkelheitsbedingt schlechten Bildqualität deutlich zu erkennen, dass der Einbrecher eine altertümliche Samurai-Rüstung trug: Brustpanzer, Schulterplatten, Arm- und Beinschienen sowie eine unheimliche metallene Gesichtsmaske unter einem Helm mit Hörnern und breitem Nackenschutz.

»Deshalb hat die Alarmanlage nicht angeschlagen!« krakeelte der Sammler. »Der Geist des Samurais hat sich den Weißen Leoparden geholt!«
Ungläubig beobachtete die kleine Gruppe, wie der fernöstliche Krieger nun die Vitrine aufbrach.
»Kein Brecheisen«, murmelte Justus. »Er benutzt ein Katana – das traditionelle Langschwert der Samurai ...«
»Der erste Teil des Fluchs ist vollzogen – der Shogun hat die Schale mit sich genommen. Als Nächstes wird mich seine Rache treffen, und alles nur Ihretwegen!« Unvermittelt packte der Börsenmakler den völlig überrumpelten Conklin am Kragen. »Sie haben *Yttrium* in der Anlage verbaut, obwohl Ihre Firma mir hoch und heilig versprochen hatte, dass das nicht passieren wird!!«
Abwehrend hob Larry die Hände. »Es wurde *kein* Yttrium verwendet – dafür verbürge ich mich!«
»Lügner!«
»Bitte, Onkel, beruhige dich«, ging der plötzlich auftauchende Zachary dazwischen und zog Fairfax mit sanfter Gewalt von dem Sicherheitsfachmann weg.
»Beruhigen?«, kreischte der Sammler. »Seinetwegen ist der Shogun erschienen! Nun ist der Weiße Leopard für mich verloren und *ich* habe den Fluch des Geister-Samurais am Hals, weil ich diesen unfähigen Dilettanten engagiert habe!« Er versuchte, sich von seinem Neffen loszureißen, um Conklin mit krallenartig verkrampften Händen erneut zu attackieren. »*Das* werden Sie bereuen!«
Jetzt griffen auch die drei Detektive ein, um Schlimmeres zu verhindern.

»Sir, ich kann verstehen, dass Sie aufgewühlt sind, aber wir alle müssen versuchen, die Nerven zu behalten«, bat der Erste Detektiv eindringlich. »Wenn Mr Conklin versichert, dass bei der Installation kein Yttrium verwendet wurde, dann dürfen Sie darauf vertrauen, dass dies der Wahrheit entspricht.«

»Quatsch!«, bellte der Börsenmakler wütend. »Der Shogun hat zugeschlagen und außer der Alarmanlage ist im Ausstellungsraum nichts verändert worden. Der Zorn des Geistes *muss* also mit dem Einbau zu tun haben!«

Zum Glück konnte er nicht sehen, wie Zachary hinter ihm mit den Augen rollte.

Peter legte fragend den Kopf schief. »Und diese ganze Fluchgeschichte haben Sie auch der Polizei –«

»Ach, lass mich bloß mit der Polizei in Ruhe!«, fuhr ihm Fairfax dazwischen. »Ich hätte die ja gar nicht hinzugezogen, aber mein nichtsnutziger Neffe hat sich einfach über mich hinweggesetzt!«

»Hier hat es einen Einbruch mit schwerem Diebstahl gegeben«, erklärte Zachary mit Nachdruck. »So etwas können wir doch nicht einfach auf sich beruhen lassen.«

»Das *war* kein Diebstahl!« Demonstrativ deutete Fairfax erst auf den Monitor und dann auf Conklin. »Der Shogun hat mir die Schale entrissen, weil ich nicht verhindert habe, dass dieser unselige Versager bei der Arbeit gepfuscht hat! Ich will mir gar nicht ausmalen, welche Strafe der Fluch jetzt nach sich ziehen wird!«

»Es gibt keinen Fluch!«, entfuhr es Zachary, dem es zunehmend schwerer fiel, ruhig zu bleiben. »Diese verdammte Schale hat ein Vermögen gekostet – das können wir doch nicht einfach so abschreiben! Wenn das Ding nicht mehr ins Haus soll, verkaufen wir es eben an irgendeinen Sammler *außerhalb* Japans, sobald die Polizei es wiederbeschafft hat!«

»Die Polizei?« Der Sammler lachte verbittert auf. »Diesen beiden Schlafmützen quoll die Unfähigkeit doch aus allen Poren! Haben nur dümmliche Fragen gestellt, ein paar Fotos gemacht und sind dann wieder abgedampft wegen eines angeblichen ›Notfalls‹. Die haben überhaupt nicht kapiert, dass der Fluch des Shoguns über mich hereingebrochen ist!« Er warf Conklin einen eisigen Blick zu. »Aber zumindest konnte ich denen noch mitteilen, dass *Sie* der Schuldige für das alles sind!«

Larry Conklin wollte das erneut energisch zurückweisen, doch Justus hielt ihn mit eindringlichem Blick davon ab.

Unsicher kratzte sich Peter am Kinn. »Und ... haben die Beamten gesagt, wie es jetzt weitergehen soll?«

Fairfax gab erneut ein verärgertes Schnaufen von sich. »Irgendwann soll ein Gutachter vom Los Angeles Police Department herkommen, um die technischen Details abzuklären. *Irgendwann!* Das muss man sich mal vorstellen!«

Nun ergriff Justus wieder das Wort. »Sir, was auch immer hier vorgefallen ist, ich bin überzeugt davon, dass Mr Conklin ganz gewiss keinen Fluch heraufbeschworen hat.«

Fairfax zischte abfällig. »Wie willst *du* das denn beurteilen können? Ein dahergelaufener Praktikant!«

»Weil ich kein dahergelaufener Praktikant bin.« Mit ernster Miene zog Justus nun eine seiner Visitenkarten hervor und überreichte sie dem sichtlich verblüfften Sammler, der sie zusammen mit seinem Neffen überflog.

»Ihr seid … Detektive?« Wie in Zeitlupe ließ Mr Fairfax die Karte sinken. »Und warum wart ihr hier?«

Da die Jungen in dieser aufgeheizten Situation nichts von der Leoparden-Erscheinung im Garten erzählen wollten, gaben sie vor, dass sie ihr Praktikum bei Safe-T-System angetreten hatten, um sich eingehend über die Funktionsweise verschiedener Sicherheitssysteme zu informieren. Dies schien den Sammler tatsächlich zu beeindrucken. Deshalb startete Bob vorsichtig einen Testballon.

»Im Laufe unserer Detektivkarriere haben wir sowohl mit mysteriösen Vorkommnissen als auch mit außergewöhnlichen Verbrechen viel Erfahrung gesammelt. Deshalb würden wir den Tatort rund um die Vitrine gerne etwas näher untersuchen.«

»Natürlich mit der gebotenen Vorsicht«, ergänzte Justus.

Zunächst reagierte Fairfax nicht auf dieses Anliegen. Dann murmelte er verständnislos: »Was soll's denn da zu untersuchen geben? Der Shogun hat keine Fingerabdrücke oder sonstige Anhaltspunkte hinterlassen – wie denn auch? Ein Geist hinterlässt keine Spuren.«

Nun wandte sich Zachary an ihn. »Also, ich finde den Vorschlag gut. Diese Jungen wirken doch ganz aufgeweckt, und bis die Polizei zurückkommt, kann es dauern. Uns entsteht ja kein Schaden, wenn die drei sich ein wenig umsehen.«
Wieder schwieg der Sammler. Dann machte er eine wegwerfende Handbewegung. »Von mir aus …« Er starrte Conklin zornig an. »Aber das ändert rein gar nichts daran, dass ich Sie für das halte, was Sie sind: schuldig!«

Royal Defense Unit

Auf dem Weg zurück in den Ausstellungsraum wandte sich Justus an Zachary. »Darf ich fragen, ob Miss Dutton und Francis auf ihren Zimmern sind?«

»Nein«, erwiderte der Neffe und schmunzelte dann. »Ich meine: Ja, du darfst fragen, aber nein, die beiden haben sich wegen des verlängerten Wochenendes ein paar Tage freigenommen. Deshalb sind sie gestern Abend nach Hause gefahren – Miss Dutton hat eine Wohnung in Glendale und Francis in Pasadena. Wahrscheinlich wurden sie inzwischen bereits von der Polizei befragt. Die Beamten hier haben ja sofort ihre Kollegen informiert.«

Auf dem Weg in den Nebenraum murmelte der Sammler empört vor sich hin. Als sich alle um die zerstörte Vitrine versammelt hatten, konnte er jedoch nicht mehr an sich halten und deutete erbost auf Conklin. »Und? Wollen Sie immer noch behaupten, dass Sie den Zorn des Shoguns nicht zu verantworten haben?«

Bevor Larry antworten konnte, ging Zachary dazwischen. »Tyrone, wenn du gestattest, schieben wir das Thema ›Geist‹ für einen Moment beiseite.« Mit ernster Miene blickte er den Sicherheitsfachmann an. »Die Frage der Verantwortlichkeit muss dennoch gestellt werden. Der Sachverhalt sieht doch so aus: Jemand bricht in dieses Haus ein, knackt in aller Seelenruhe die Vitrine, stiehlt das Prunkstück der Sammlung meines Onkels – und Ihre supertolle, superteure Weltmeister-Alarmanlage macht keinen Piep!«

»Bleiben wir bitte sachlich«, erwiderte Larry ungehalten.

»Ich *bin* sachlich«, gab der Neffe knapp zurück. »Und in aller Sachlichkeit stelle ich fest, dass folgende Erklärungen in Betracht kommen: Entweder haben Sie einen Fehler gemacht und das System funktioniert nicht. *Oder* es funktioniert, ist aber dermaßen minderwertig, dass es spielend leicht außer Kraft gesetzt werden kann. *Oder* ...«, er hielt kurz inne, »... Sie haben die Anlage eigenhändig ausgeschaltet und selbst die Schale gestohlen.«

»Das ist Unsinn!«, gab Conklin gereizt zurück. »Man *kann* diese Anlage ohne den persönlichen Code Ihres Onkels nicht ausschalten. Und was Ihre anderen Unterstellungen betrifft ...« Er blickte den Sammler an und wies auf die Bedientastatur an der gegenüberliegenden Wand. »Bitte – geben Sie Ihre Kombination ein und aktivieren Sie die Anlage, dann werden wir ja sehen, wie zuverlässig das System ist.«

Mit einem unwilligen Knurren folgte der Börsenmakler dieser Aufforderung. Tatsächlich ertönte sofort nach dem Einschalten ein durchdringend schriller Alarmton, da die Laser-Abtastung wegen der aufgebrochenen Vitrinentür nun eine Abweichung vom Normalzustand registrierte.

»Einwandfreie Funktion«, stellte Conklin mit sichtlicher Genugtuung fest.

»Das allein beweist noch nichts«, entgegnete Zachary ungerührt. »Schließlich steht immer noch die Möglichkeit im Raum, dass Sie die Anlage mit irgendeinem Trick ausgehebelt haben.«

»Ich war die ganze Nacht in Rocky Beach!«, wiederholte der Sicherheitsfachmann genervt.

»Ihre Anwesenheit war ja gar nicht notwendig.« Der Neffe zuckte die Achseln. »Vielleicht haben Sie einen Komplizen mit den notwendigen Informationen versorgt, um die Anlage auszuschalten – möglicherweise diesen verrückten Japaner.«

»Blödsinn!«, rief Mr Fairfax aufgebracht. »In dieser Anlage steckt Yttrium und deshalb ist der Shogun erschienen, um sich die Schale zu holen! Jetzt ist es nur noch eine Frage der Zeit, bis mich seine fürchterliche Rache trifft!«

Bevor die Stimmung wieder hochkochte, wandte sich Bob rasch an den Hausherrn. »Sir, Spekulationen bringen uns nicht weiter. Bleiben wir zunächst also bei den Fakten.«

Justus nickte. »Die wichtigste Frage im Zusammenhang mit der *Royal Defensive Unit* lautet: Welche Personen kennen den Zugangscode für die Alarmanlage?«

»Natürlich nur ich«, entgegnete Fairfax wie aus der Pistole geschossen. »Ich allein bestimme, wann in diesem Haus der Alarm ein- und ausgeschaltet wird. Auf die anderen ist ja kein Verlass.«

Zachary seufzte genervt. »Immer dasselbe Lied: Ausnahmslos alle sind inkompetent *außer* Tyrone Galahad Fairfax.«

»Sie selbst haben also keinen Zugriff auf das System?«, fragte Peter den Neffen.

Zachary machte eine vielsagende Geste. »Solange Weihnachten, Ostern und Thanksgiving nicht auf einen Tag fallen, werde ich es wohl nicht mehr erleben, dass mein Onkel irgendjemandem auf diesem Planeten Vertrauen entgegenbringt.«

Justus zog die Stirn kraus. »Dann ist dieser Punkt also geklärt …«

Plötzlich erinnerte sich Peter an die hochgesicherten Lagerhallen bei den Filmsets in Hollywood, auf denen sein Vater, ein Experte für Spezialeffekte, oft tätig war. Gespannt wandte er sich an Conklin. »Larry, gibt es bei diesem System nicht auch ein Datenprotokoll? Dann könnte man doch überprüfen, ob die Anlage während der Nacht wirklich ausgeschaltet wurde.«

»Guter Hinweis, Zweiter«, lobte Justus.

»Ja, das System zeichnet im Standardmodus sieben Tage in Folge die Zugriffsdaten auf. Moment.« Conklin begab sich an das Bedienpult und betätigte einige Tasten. Fassungslos hob er die Augenbrauen. »Das ... gibt's doch nicht.«

»Was ist los?«, fragte Bob irritiert.

»Laut ... der Aufzeichnung war das System von 23:39 Uhr nachts bis 06:45 Uhr morgens durchgehend aktiviert. Während des Einbruchs hat demnach *keine* Abschaltung der voll funktionstüchtigen Anlage stattgefunden. Und das ist schlichtweg unmöglich ...«

Peter schluckte unwillkürlich, bevor er kaum hörbar flüsterte: »Es sei denn, hier war ein Geist am Werk ...«

Nun explodierte der Sammler regelrecht. »Ich sage es doch die ganze Zeit – der *Shogun*!« Wutschäumend wollte er sich wieder auf Conklin stürzen, konnte von seinem erneut beherzt eingreifenden Neffen jedoch im letzten Moment abgefangen werden. Während Zachary seinen tobenden Onkel nun in die obere Etage begleitete, steigerten sich dessen wüste Flüche in immer schrillere Höhen. Seine Halsschlagader war so stark geschwollen, dass man Angst haben musste, sie könne jederzeit platzen. Der Mann schien kurz vor einem Kollaps zu stehen.

Empört starrte Larry Conklin den beiden nach. »Der Alte hat doch nicht mehr alle Tassen im Schrank.«

Auch der sonst so unerschütterliche Erste Detektiv wirkte sichtlich mitgenommen. »Wahrhaftig ein erschreckendes Beispiel für extremen Aberglauben ...«

Nach kurzem Durchatmen warf der Zweite Detektiv einen verwirrten Blick auf das kleine Bedienpult. »Wie kann es sein, dass hier jemand bei eingeschalteter Anlage eingebrochen ist und die Schale geklaut hat, ohne dass der Alarm losging?«

»Gar nicht«, stellte Justus knapp fest und fügte mit Blick auf Peters Gesichtsausdruck rasch an: »Womit ich durchaus nicht meine, dass hier ein dämonischer Shogun aus dem 17. Jahrhundert am Werk war.«

»Stattdessen hat der höchst irdische Einbrecher dieses Datenprotokoll manipuliert«, ergänzte Larry mit ernster Miene.

Justus nickte und auch Bob stimmte zu: »So muss es gewesen sein. Die entscheidende Frage lautet deshalb: Warum sollte der ominöse Einbrecher wertvolle Zeit damit vergeuden, die Datenaufzeichnung eines bereits *überwundenen* Alarmsystems zu fälschen?«

Conklin verschränkte die Arme vor der Brust. »Also, ich schätze mal, dass der Täter auf diese Weise den Anschein verstärken wollte, dass nur ein Geist hätte einbrechen können, ohne den Alarm auszulösen.«

Peter verzog die Mundwinkel. »Was für eine miese Nummer ...«

Stirnrunzelnd blickte Justus sich um. »Was bei Mr Fairfax ja auch funktioniert hat. Umso wichtiger ist, dass wir versuchen, so rasch und präzise wie möglich den tatsächlichen Tathergang zu rekonstruieren.«

»Okay, dann fassen wir mal zusammen«, setzte Conklin an.

»Erstens: Der Täter hat den Alarmcode ausgespäht und außerdem in Erfahrung gebracht, dass die Schlafzimmer von Fairfax und Zachary in den oberen Etagen der Villa liegen. Die Zimmer des Butlers und der Hausdame befinden sich hingegen im Erdgeschoss – in direkter Nähe des Ausstellungsraums. Ein Einbruch in Anwesenheit der beiden wäre deshalb zu riskant.«

»Zweitens«, führte Justus weiter aus. »Als der ›Shogun‹ beobachtete, wie die beiden Bediensteten wegen des verlängerten Wochenendes gestern Abend das Haus verließen, sah er seine Zeit gekommen: Ab kurz vor Mitternacht befand sich niemand mehr hier unten im Erdgeschoss.«

Peter nickte. »Wahrscheinlich wartete er noch eine Weile, bis überall in der Villa das Licht ausging. Dann schlug er zu.«

Bob blickte auf sein aufgeschlagenes Notizbuch, in dem er bei dem vorangegangenen Gespräch mehrere Vermerke eingetragen hatte. »Drittens: Der Typ ist handwerklich und technisch sehr begabt. Schließlich konnte er sowohl das Schloss der Haustür entriegeln als auch das Datenprotokoll der Alarmanlage fälschen.«

Conklin, der morgens offensichtlich nicht mehr zum Rasieren gekommen war, kratzte sich an der stoppeligen Wange. »Viertens: Der Täter kennt Fairfax' manische Fixierung auf den fürchterlichen Fluch des Shoguns und setzte sie gegen ihn ein. Vermutlich weil er sichergehen wollte, dass der Sammler gar nicht erst die Polizei einschaltet, die vor der Rache des Geister-Samurais keinen Schutz bieten könnte.«

»Wenn Zachary sich nicht durchgesetzt hätte, wäre dieser abenteuerliche Plan sogar aufgegangen«, ergänzte Justus.

»Fünftens: Zur Untermauerung der Fluch-Geschichte nutzte der Täter auch die geheime Kamera, von der er gewusst haben muss«, stellte der Zweite Detektiv fest. »Warum hätte er sich sonst für den Einbruch, bei dem es keine Zeugen gab, so aufwendig kostümieren sollen? Wenn es ihm nur um Vermummung gegangen wäre, hätte ja eine schlichte Strumpfmaske ausgereicht.«

Bob schaute zu dem Bücherregal mit dem versteckten Überwachungssystem hinüber. »Darüber hinaus macht die Samurai-Rüstung samt Helm und Metallmaske die Person im Video vollkommen unkenntlich. In der Kostümierung könnte also auch eine Frau gesteckt haben.«

»Stimmt«, pflichtete der Sicherheitsexperte bei. »Wegen des wuchtigen Harnischs und der Schulterplatten ist nicht einmal der Körperbau einzuschätzen. Die fragliche Person könnte sowohl schlank als auch füllig sein – noch nicht mal die Größe können wir eingrenzen.«

»Mann, Frau, dick, dünn, groß, klein.« Peter gab einen lauten Seufzer von sich. »Ein waschechtes Phantom …«

Kein Freund und Helfer

»Umso dringlicher, uns nun dem Kreis der Verdächtigen zuzuwenden«, stellte Justus klar. »Tyrone Fairfax würde ich ziemlich weit hinten und nur in Klammern auf unsere Liste setzen. Der Mann ist wegen des Vorfalls ja regelrecht durchgedreht.«

Conklin nickte und vergewisserte sich mit einem Blick zum Treppenhaus, dass Onkel und Neffe außer Hörweite waren. Dennoch senkte er sicherheitshalber die Stimme. »Da wäre eine Beteiligung von Zachary schon deutlich wahrscheinlicher. Von allen denkbaren Personen hätte er es zumindest am leichtesten gehabt, aus nächster Nähe den Code auszuspähen.«

»Menschlich wäre das aber eine Riesenschweinerei, seinen eigenen Onkel mit dem Geister-Shogun fix und fertig zu machen«, wandte der Zweite Detektiv mit finsterer Miene ein.

Der dritte Detektiv seufzte. »Die größten Gemeinheiten finden oftmals im engsten Familienkreis statt. Außerdem hätte Zachary ein ziemlich starkes Motiv.«

»Die finanzielle Krise seines Vaters«, ergänzte der Sicherheitsfachmann. »Mit dem Verkauf des Weißen Leoparden, beispielsweise an den besessenen Miyazawa, könnte Zachary seinem Dad vermutlich spielend leicht aus der Patsche helfen.«

»Eine durchaus plausible Schlussfolgerung«, räumte der Erste Detektiv ein. »Sie hat allerdings einen gravierenden Haken.«

»Nämlich?«, fragte Peter verdutzt.

»Zachary hat aus eigener Entscheidung und gegen den ausdrücklichen Willen seines Onkels die Polizei alarmiert.« Justus deutete zum Absperrband rund um die Vitrine. »Und das würde ein Dieb ja ganz gewiss nicht tun, wenn er die Schale auch bequem ohne polizeiliche Ermittlungen hätte verschwinden lassen können.«

»Das ist in der Tat ein ziemlich starkes Entlastungs-Argument«, gab Larry zu.

Bob machte sich eine weitere Notiz. »Dann sollten wir auch den Neffen auf unserer Verdächtigenliste in Klammern setzen.«

»Deutlich anders sieht es bei Francis und Miss Dutton aus«, erklärte der Erste Detektiv. »Sie kämen durchaus als Täter infrage. Die Hausdame hat am Telefon ja sogar ausdrücklich davon gesprochen, dass sie ›sehr viel Geld‹ auftreiben werde.«

Der Sicherheitsfachmann nickte. »Darüber hinaus kennen beide den Geisterglauben ihres Arbeitgebers – und sie wissen auch von der geheimen Kamera.«

»Außerdem hätten sie wie Zachary relativ leicht die Möglichkeit gehabt, heimlich den Code herauszufinden«, führte der dritte Detektiv weiter aus.

»Keine Klammern also.« Peter kratzte sich hinter dem Ohr. »Bei dem Japaner werden wir die ebenfalls nicht brauchen, sondern eher ein dickes Ausrufezeichen.«

»Das hat sich Mr Miyazawa in der Tat redlich verdient«, stimmte der Erste Detektiv zu. »Seine brennende Gier nach der legendären Prunkschale könnte so groß geworden sein, dass er zum Kriminellen wurde.«

»Aber wie soll er das bloß angestellt haben?«, fragte Bob. »Im Vergleich zu den Leuten im Haus hatte er als Außenstehender ja viel schlechtere Chancen, an den Geheimcode heranzukommen.«

»Also, ich hätte da schon eine Idee«, verkündete Peter. »Schließlich habe ich ihn ja auf frischer Tat dabei ertappt, wie er durchs Fenster heimlich Aufnahmen vom Ausstellungsraum gemacht hat.«

»Und bei einer solchen Aktion könnte er durchaus den Zugangscode ausspioniert haben«, ergänzte der Erste Detektiv. »Die Sicherung des Gartens ist ja erst am letzten Tag erfolgt – bis dahin konnte der Japaner ungestört draußen herumstromern. Darüber hinaus wäre es nicht ausgeschlossen, dass Miyazawa zufällig den Butler dabei beobachtet hat, wie er die Minikamera justierte.«

Bob betrachtete die offene Vitrine. »Daraufhin könnte er den Entschluss gefasst haben, bei seinem Einbruch theatralisch als Shogun aufzutreten, um den abergläubischen Fairfax einzuschüchtern. Vielleicht sogar mit Hilfe aus dem Haus.«

»Mächtig viel Aufwand«, stellte Peter fest. »Aber auch eine mächtig wertvolle Beute.«

»Bei unseren Überlegungen sollten wir nicht vergessen, dass auch ein völlig Unbekannter das Verbrechen begangen haben könnte«, gab Larry Conklin zu bedenken.

»Absolut richtig.« Justus blickte zum Fenster. »Höchste Zeit für den Beginn der weiteren Ermittlungen. Um möglichst effektiv vorzugehen, schlage ich vor, dass wir uns aufteilen.«

»Dann werde ich mich mal in die Recherchen zur Legende rund um den Weißen Leoparden stürzen«, erklärte Bob. »Außerdem nehme ich mir die Überprüfung der seltsamen Reifenspuren vor. Ich fahre einfach mal zu einer Autowerkstatt – dort wird man mir ja am ehesten weiterhelfen können.«

»Gute Idee, dann übernehmen wir die Befragung der Ver-

dächtigen, Just«, erwiderte Peter. »Da fällt mir ein ... wir haben ja kein zweites Auto!«
»Stimmt, daran habe ich noch gar nicht gedacht«, räumte Justus ein.
Bob hob die Achseln. »Und was machen wir jetzt? Ihr könnt eure Tour schließlich nicht im Taxi machen – da zahlt ihr euch ja dumm und dämlich.«
In diesem Moment ließen knarrende Schritte die kleine Gruppe aufhorchen. Mit erschöpfter Miene kam Zachary die Treppe herunter und atmete tief durch. »Ihr müsst entschuldigen, aber wie ihr gemerkt habt, ist mein Onkel von dieser verdammten Shogun-Legende völlig besessen.«
»Das war in der Tat nicht zu übersehen«, erwiderte Justus. »Wie geht es Mr Fairfax denn?«
»Der alte Zausel hat sich oben in seiner Privatbibliothek verschanzt und blättert nun wie irre in japanischen Schmökern, um einen Weg zu finden, den Fluch ›wieder einzudämmen‹.« Zachary wandte sich an Conklin. »Ich möchte übrigens betonen, dass ich Sie trotz unserer Diskussion nicht vorverurteile. Ich vertrete den Standpunkt, dass man so lange als unschuldig zu gelten hat, bis das Gegenteil erwiesen ist.«
Ein schwaches Lächeln huschte über Larrys Gesicht. »Das ehrt Sie.« Dann wurde er wieder ernst. »Die Jungen und ich werden alles daransetzen, den wahren Täter zu überführen.«
»Leider fehlt uns dafür ein zweites Fahrzeug«, ergänzte Peter missmutig.
»Oh, für dieses Problem könnte ich eine Lösung anbieten.« Zachary deutete hinter sich. »Ich kann euch meinen alten Dodge leihen. Heute werde ich ohnehin im Haus bleiben, um

meinen Onkel im Auge zu behalten. Wer weiß, was der noch alles anstellt.«

»Das wäre wirklich großartig, vielen Dank«, erwiderte Justus erleichtert. Tatendurstig straffte er sich. »Womit wir bei der Logistik wären. Zunächst benötigen wir die genauen Adressen von Miss Dutton und Francis.«

»Nicht zu vergessen Mr Miyazawa«, ergänzte Larry. »Wissen Sie, wo er derzeit wohnt?«

»In einem Motel in Arcadia«, erwiderte Zachary. »Er hatte uns die Anschrift auf der Rückseite seiner Visitenkarte notiert. Die Polizisten haben sie mitgenommen, aber den Namen weiß ich noch: ›Hardy's Inn‹.«

»Ein steinreicher Geschäftsmann steigt in einem Motel ab?«, wunderte sich Bob. »Ziemlich ungewöhnlich, oder?«

»Allerdings«, stimmte Justus zu. »Und ich wäre bereit, meine nächste Mahlzeit zu verwetten, dass es sich dabei nicht um einen wunderlichen Tick handelt.«

»Finden wir's raus«, gab Bob zurück. »Am besten ermitteln wir zunächst die Telefonnummer von ›Hardy's Inn‹ und erkundigen uns bei der Rezeption, ob Mr Miyazawa noch vor Ort ist. Falls nicht, erübrigt es sich, den Besuch des Motels an erste Stelle zu setzen.«

Justus' Vorahnung bestätigte sich. Nachdem er das Telefonat beendet hatte, nickte er bedeutungsvoll. »Der Vogel ist pünktlich heute früh mit unbekanntem Reiseziel ausgeflogen, offenbar ziemlich übereilt.«

Der Zweite Detektiv verengte die Augen. »Was für ein erstaunlicher Zufall ...«

Wenige Minuten später standen die drei ??? und Conklin vor dem Eingangsportal der Villa und warteten auf Zachary, der zurück in den ersten Stock gegangen war, um den Autoschlüssel aus seinem Zimmer zu holen und dann den Dodge aus der rückwärtigen Garage herauszufahren.

Plötzlich wandte sich Conklin irritiert nach rechts. »Was … reflektiert denn da?« Kopfschüttelnd ging er einige Schritte auf die etwa fünfzig Meter entfernte Straße zu. »Mist, jetzt ist er wieder weg.«

»Wer denn?«, fragte Justus überrascht.

Conklin formte mit den Händen zwei Kreise vor den Augen. »Ein Mann mit Fernglas, der uns beobachtet hat!«

Peter rannte einige Meter in die gezeigte Richtung, doch es war niemand zu sehen.

»War es Miyazawa?«, fragte Bob.

»Nein, der Mann war größer«, erwiderte Conklin. »Er hatte einen schwarzen Hut auf und eine helle Jacke an.«

»Und das Gesicht?«, wollte Justus wissen.

»Das konnte ich nicht erkennen, vollkommen zugewuchert von einem riesigen dunklen Vollbart. War mehr wie ein Fleck.«

Der Zweite Detektiv verzog die Mundwinkel. »Ist ja unheimlich.«

»Das gefällt mir nicht …« Zögernd wandte sich Justus an den Sicherheitsexperten. »Larry, angesichts der verfahrenen Situation halte ich es für das Beste, wenn du dich mit dem Los Angeles Police Department in Verbindung setzt, bevor die Anschuldigungen von Mr Fairfax gegen dich größere Kreise ziehen.«

»Da hast du recht«, stimmte Conklin zu und zog sein Handy

aus der Hosentasche. »Wer weiß, was der Alte schon angerich–«

Er stockte, denn in diesem Moment bog ein Streifenwagen mit heulender Sirene in die Zufahrt zur Villa ein. Er hielt direkt vor der kleinen Gruppe und zwei finster dreinschauende Beamte stiegen aus.

Der eine blickte auf ein Foto in seiner Hand. »Mr Larry Conklin?«

»Ja?«, erwiderte der Sicherheitsfachmann mit sichtlicher Nervosität.

»Das Sekretariat von Safe-T-System hat uns Ihren Aufenthaltsort mitgeteilt«, ergriff nun der andere Polizist das Wort und zog Handschellen von seinem breiten Einsatzgürtel ab. »Gegen Sie liegt ein Haftbefehl wegen des Verdachts auf schweren Einbruchdiebstahl vor. Sie sind vorläufig festgenommen!«

»Was? Aber …« Abwehrend hob Conklin die Hände.

Hektisch wandte sich Bob an den ersten Beamten. »Sir, ich versichere Ihnen, dass hier ein Irrtum vorliegt.«

»Mr Conklin ist unschuldig!«, ergänzte Peter aufgeregt.

»Mischt euch da nicht ein, Jungs, sonst werde ich ungemütlich.« Demonstrativ legte der Mann die rechte Hand auf den Griff seines Schlagstocks.

»Aber es stimmt!«, rief der Sicherheitsfachmann außer sich. »Ich habe nicht das Geringste mit dem Einbruch zu tun!«

Doch da war schon der Erste Detektiv an seiner Seite und raunte ihm ins Ohr: »Larry, mach es nicht noch schlimmer, als es ohnehin schon ist. Eine zusätzliche Anklage wegen Widerstands gegen die Staatsgewalt ist das Letzte, was du jetzt gebrauchen kannst.«

Schicksalsergeben senkte Conklin den Kopf, ließ sich die Handschellen anlegen und zur Rückbank des Wagens führen. »Wir werden alles dransetzen, deine Unschuld zu beweisen!«, rief ihm der dritte Detektiv zu. Dann schloss der zweite Polizist die hintere Seitentür und stieg zu seinem Kollegen ins Auto.
Mit verschleiertem Blick schaute Peter dem davonfahrenden Streifenwagen hinterher. »Der Fluch des Shoguns hat tatsächlich zugeschlagen. Aber nicht gegen Tyrone Fairfax, sondern gegen Larry Conklin …«

Klient in Not

Fassungslos schüttelte Bob den Kopf. »Der Weiße Leopard gestohlen, der Dieb über alle Berge und unser Auftraggeber im Knast. So schlimm sah's selten aus ...«

»Wir dürfen uns von der Situation nicht verunsichern lassen«, mahnte Justus. »Das Wichtigste ist jetzt, dass wir einen kühlen Kopf bewahren.«

»Leicht gesagt«, murmelte Peter sorgenvoll. »Für Larry sieht es echt finster aus.«

»Kann man wohl sagen.« Bob verschränkte die Arme vor der Brust. »Falls der Polizei-Gutachter zu dem Ergebnis kommt, dass Larry irgendwie an dem Diebstahl beteiligt war, ist sein Leben ruiniert.«

»Seine Firma würde gigantische Schadenersatz-Ansprüche an ihn stellen, von der drohenden langen Haftstrafe ganz zu schweigen«, pflichtete der Erste Detektiv bei.

Stirnrunzelnd fuhr sich Peter durchs verschwitzte Haar. »Habt ihr ... eigentlich mal drüber nachgedacht, ob Larry ... vielleicht tatsächlich in dieser ganzen Sache mit drinsteckt?«

»Klar«, bestätigte der dritte Detektiv. »Schließlich kennen wir ihn ja viel zu wenig, um ihn von vornherein als Täter ausschließen zu können. Trotzdem kann ich es mir nicht vorstellen.«

Justus nickte. »Volle Zustimmung. Es wäre absolut widersinnig, drei – mit Verlaub sehr erfolgreiche – Detektive an den Ort eines geplanten Diebstahls zu bestellen.«

»Auch wieder wahr«, pflichtete Peter bei. »Das Teuflische an der Sache ist, dass Larry auch als völlig Unschuldiger vor dem Nichts stehen könnte.«

»Stimmt«, gab Bob zurück. »Sollte der Gutachter zu dem Schluss kommen, dass bei der Installation gepfuscht wurde, müsste Safe-T-System die hohe Versicherungssumme auszahlen und hätte einen riesigen Image-Schaden.«

»Und Larry wäre seinen Job los«, fügte Justus an. »Eine wahrlich vertrackte Situation mit doppeltem Druck für uns. Es gilt nicht nur, einen Fall aufzuklären, sondern unseren Klienten vor dem Gefängnis zu bewahren …«

Da er seinen Autoschlüssel nicht sofort hatte finden können, kehrte Zachary erst jetzt mit dem Dodge zurück. Rasch klärten ihn die Jungen über die dramatische Wendung der Geschehnisse auf. Der Neffe versprach, sein Bestes zu geben, um der Polizei die Hintergründe der bizarren Anschuldigungen seines Onkels zu erklären. Dann brachen die drei ??? auf.

Der dritte Detektiv machte sich in südlicher Richtung auf den Weg zu einer öffentlichen Bibliothek, seine Freunde fuhren in Richtung Osten davon. Für Bob endete die Fahrt jedoch unvermutet bereits nach wenigen Minuten, da er kurz nach dem Abbiegen in die Stradella Road eine Tankstelle mit angeschlossener Autowerkstatt entdeckte. Wenig später stand er neben einem untersetzten Mechaniker mit eisgrauem Pferdeschwanz und ölverschmiertem Overall am Verkaufstresen. Beide beugten sich über Bobs Handy, auf dem er ein Foto mit der sonderbaren Reifenspur aufgerufen hatte.

»Hmm …«, grummelte der Mann kaugummikauend. »Eine Breite von 32,5 Zentimetern, sagst du?«

»Genau, Sir. Ziemlich ungewöhnlich, oder?«

»Jepp.« Der Mechaniker ließ eine große giftgrüne Kaugummiblase vor seinem Mund zerplatzen. »Auch das extrem grobe Rillenprofil ist nicht von der Stange. Hmm ...«

Bob wischte sich mit dem Unterarm über die glühende Stirn. Die schwüle, nach Benzin und stechend saurem Apfelkaugummi riechende Luft im Verkaufsraum der Tankstelle umnebelte allmählich seine Gedanken. Er sehnte sich zurück in seinen Käfer – dort war es zwar mindestens ebenso heiß wie hier, aber der vertraute Chips-Geruch war deutlich angenehmer.

»Beschwören kann ich's nicht, aber ich tippe stark auf einen Strandbuggy.«

»Einen ... Strandbuggy?«, wiederholte Bob irritiert. Das wäre ein höchst eigenartiges Tatfahrzeug.

»Jepp.« Der Mechaniker beschrieb mit seinen klobigen Händen einen stattlichen Kreis. »Die meisten dieser Kisten fahren mit übergroßen Niederdruck-Ballonreifen. Das grobe Profil und die starke Eigenfederung machen die Räder besonders leichtgängig in sandigem Gelände. Dünen, Strände und so weiter – reine Freizeitfahrzeuge.«

Man sah der abschätzigen Miene des Manns deutlich an, dass er solche Buggys für keine vollwertigen Automobile hielt.

Hoffnungsvoll deutete Bob auf die Straße hinaus. »Und haben Sie zufällig in letzter Zeit so einen Wagen hier in der Gegend gesehen?«

»Jepp, nicht nur in letzter Zeit, sondern schon zig Male. Muss hier irgendwo aus der Nachbarschaft kommen.« Der Mechaniker ließ geräuschvoll eine weitere große Kaugummiblase platzen, dann winkte er verächtlich ab. »Eine mächtig alberne Schüssel – neonrot verchromt, mit silbernen Blitzen

an den Seiten und auf der Motorhaube. Das reinste Spielzeug.«
Bob horchte auf. »Wissen Sie noch, wann Sie diesen Buggy das letzte Mal gesehen haben?«
»Gestern Abend, kurz vor Sonnenuntergang, hier an der Ampel.«
Das passte! Aufgeregt hakte der dritte Detektiv nach. »Können Sie sich vielleicht auch an den Fahrer erinnern? Oder woher der Buggy kam?«
»Nö. Interessiert mich nicht.«
Bob verzog die Mundwinkel und murmelte: »Wäre ja auch zu schön gewesen ...« Dann lächelte er den Mechaniker an. »Trotzdem vielen Dank, das hilft mir schon ein ganzes Stück weiter.«
Der Mann zuckte die Schultern. »Wenn du's sagst.«
Wieder zurück in seinem Wagen zückte der dritte Detektiv zunächst sein Notizbuch und wählte Zacharys Handynummer, die er sich vor dem Abschied von ihm hatte geben lassen. Nach dreimaligem Klingeln meldete sich der Neffe. Er klang angespannt. »Ja?«
»Hallo, Zachary – hier ist Bob. Ich habe eine kurze Frage: Kennen Sie jemanden aus der Umgebung, der oder die einen knallroten Strandbuggy mit überbreiten Reifen fährt?«
Für einen Moment herrschte am anderen Ende der Leitung Stille. »Äh ... nein, tut mir leid. Aber ich wohne auch noch nicht lange hier. Denkst du, dieser Jemand hat etwas mit dem Diebstahl zu tun?«
»Das wäre zumindest nicht ausgeschlossen.«
»Verstehe ...« Wieder setzte kurzes Schweigen ein. Bob glaub-

te, Schritte zu hören, gefolgt von einem unterdrückten Husten. »Mein Onkel hat die Bibliothek inzwischen verlassen und läuft nun mit einer Art Lampenschirm auf dem Kopf und grässlich stinkenden Räucherstäbchen in der Gegend herum. Einen Moment …« Zachary legte eine Hand auf die Sprechmuschel. »Tyrone? Hier ist einer der Detektive, der eine Erkundigung einholen möchte. Hast du kurz Zeit?«

»Gib schon her«, nuschelte Mr Fairfax.

In knappen Worten stellte Bob erneut die Frage nach dem auffälligen Buggy. Die Antwort war ebenso eindeutig wie enttäuschend.

»Dazu kann ich nichts sagen – für mich sehen alle Autos gleich aus. Und jetzt störe mich nicht länger – ich versuche, die Sphären zu reinigen!«

Danach erklang nur noch das Freizeichen.

»Na toll – da hat man direkt mal eine heiße Spur, und wohin führt sie? Schnurstracks in eine Sackgasse.« Bob schnaubte genervt, dann wählte er die Nummer des Ersten Detektivs und hob erneut das Handy ans Ohr.

»Hallo, Bob«, meldete sich Justus mit hörbarer Neugier. »Konntest du schon Recherche-Ergebnisse erzielen?«

»Jepp«, imitierte Bob den Mechaniker. »Vermutlich kenne ich jetzt den fahrbaren Untersatz des Shoguns. Er hat nicht nur bei der Kleidung einen Hang zur Exotik, sondern auch bei seinem Auto.«

»Das klingt ja spannend – erzähl!«

Der dritte Detektiv schmunzelte. »Du wirst es nicht glauben, aber unser geisterhafter Samurai-General düst mit einem quietschroten Strandbuggy in der Gegend herum.«

»Im Ernst?«, fragte Justus verwundert.
»Erstaunlich, nicht wahr?« Bob seufzte leise. »Leider wissen weder Zachary noch Mr Fairfax, ob jemand aus der Gegend einen solchen Wagen fährt. Ich werde also bei meinen weiteren Untersuchungen immer mal rumfragen. Irgendjemand hier muss den Fahrer ja schließlich kennen.«

Zwanzig Minuten später und 17 Meilen weiter östlich standen Peter und Justus der sichtlich aufgewühlten Miss Dutton im Flur ihrer kleinen Wohnung gegenüber.
Kopfschüttelnd blickte die Frau auf die Visitenkarte der drei ???. »Detektive?« Es klang wie ein Schimpfwort. »Das ist doch Blödsinn! Ihr seid die Komplizen von diesem kriminellen Installateur!«
»Madam, ich kann Ihre Aufregung durchaus nachvollziehen«, entgegnete Justus mit ruhiger Stimme, »aber ich möchte nachdrücklich klarstellen, dass die Vorwürfe gegen Mr Conklin haltlos sind. Er hat uns selber engagiert, um größtmögliche Sicherheit bei den Arbeiten am Alarmsystem zu gewährleisten.«
»Na, das hat ja fabelhaft geklappt«, zischte die Hausdame. »Kaum ist die Anlage im Haus, wird der Weiße Leopard gestohlen!«
»Genau deswegen stellen wir jetzt ja Nachforschungen an«, gab Peter vorsichtig zurück. »Ist Ihnen in den Tagen kurz vor dem Einbruch irgendetwas Ungewöhnliches aufgefallen?«
»Das alles habe ich doch schon der Polizei erzählt.« Unwillig fuhr sich die Frau durchs Haar. »Nein! Der verrückte Japaner hat sich nicht mehr blicken lassen und auch sonst war alles normal.«

»Und in der Zeit, bevor die Anlage endgültig aktiviert wurde?«, wollte Justus wissen. »Haben Sie da irgendetwas Seltsames bemerkt? Vielleicht im Garten?«

»Jaaa«, erwiderte Miss Dutton betont langgezogen. »Nämlich *Mr Conklin*, der zusammen mit *euch* verdächtig lange zwischen den Büschen herumgekrochen ist.« Sie funkelte die Jungen finster an. »Vielleicht bei der Auskundschaftung des besten Fluchtwegs?«

Abwehrend hob Peter die Hand, doch die Hausdame ließ ihn nicht zu Wort kommen. »So, und nun genug davon! Ich habe euch nichts mehr zu sagen und möchte, dass ihr jetzt geht.«

Bevor er etwas entgegnete, wandte Justus plötzlich den Oberkörper nach rechts und nieste lautstark in seine Armbeuge. Dann lächelte er entschuldigend. »Verzeihen Sie – meine blöde Allergie ...« Er räusperte sich. »Gestatten Sie bitte noch eine letzte Frage: Kennen Sie jemanden im Umfeld der Fairfax-Villa, der einen knallroten Strandbuggy besitzt?«

Miss Dutton blinzelte. Mit dieser Frage hatte sie offenbar nicht gerechnet. »Die Mobrays haben einen solchen Wagen – ich kenne die Familie von verschiedenen Wohltätigkeitsveranstaltungen. Sie wohnen in der Savona Road gegenüber dem großen Schnellimbiss, nicht weit von der Fairfax-Villa entfernt.« Misstrauisch stemmte sie die Fäuste in die Hüften. »Aber was soll die seltsame Frage? Was hat dieser Buggy mit der Sache zu tun?«

»Das können wir Ihnen hoffentlich nach der Lösung dieses Falls erzählen«, gab Justus ausweichend zurück. »Für den Moment bedanken wir uns ganz herzlich für Ihre freundliche Kooperation.«

Draußen vor dem schmucklosen Mietshaus strahlte Peter seinen Freund begeistert an. »*Volltreffer* – wir haben die Adresse des Shoguns! Nichts wie ab zurück!«

»Immer mit der Ruhe, Kollege«, mäßigte Justus seinen Freund. »Vergiss nicht, dass wir Bob vor Ort haben. Strategisch wäre es höchst unklug, jetzt nach Bel Air zurückzukehren, ohne Francis und das Motel von Mr Miyazawa aufgesucht zu haben. Insbesondere auf das Gespräch mit dem Butler bin ich in höchstem Maße gespannt.«

»Ach ja?«, fragte Peter verdutzt. »Und warum?«

»Eben im Flur sind mir aus den Augenwinkeln auf einer Anrichte mehrere Papiere aufgefallen.«

»Verstehe!« Anerkennend hob Peter die Augenbrauen. »Deshalb hast du das Niesen vorgetäuscht, um einen genaueren Blick darauf zu werfen.«

»Kluger Junge.« Justus' Augen blitzten. »Auf der heutigen Ausgabe der Los Angeles Times lagen zwei Tickets. Um genau zu sein, Flugtickets für heute Abend nach Baton Rouge, Louisiana – ausgestellt auf Geraldine Dutton und Francis Wainright!«

In der Höhle des Shoguns

Nachdem Justus per Handy Bob über die neuesten Erkenntnisse sowie den Wohnort des Buggybesitzers informiert und ihm eingeschärft hatte, vorsichtig zu sein, machten sich die zwei Detektive auf den Rückweg zum Dodge, der in einiger Entfernung am Straßenrand geparkt war.

»Denkst du, Francis und Miss Dutton haben mit dem Samurai gemeinsame Sache gemacht und wollen sich jetzt per Flugzeug nach Louisiana absetzen?«, fragte Peter aufgeregt.

»Falls es so ist, haben sie den Weißen Leoparden mit Sicherheit nicht bei sich – den würden sie schwerlich durch die Gepäckkontrolle bekommen«, entgegnete Justus.

»Stimmt.« Der Zweite Detektiv zuckte die Achseln. »Vielleicht entdeckt Bob die Schale ja auf dem Küchentisch der Mobrays.«

Der Erste Detektiv musste schmunzeln. »Wenn ja, dann hat er sich einen Orden für die schnellste –«

»Was wolltet ihr von Miss Dutton??«

Erschrocken zuckten die Jungen zurück. Wie aus dem Nichts hatte sich vor ihnen ein Hüne mit gewaltigem Vollbart, Sonnenbrille, schwarzem Hut und heller Stoffjacke aufgebaut. Seine Hände steckten trotz der Hitze in Lederhandschuhen.

Rasch hatte sich Justus wieder gefangen. »Korrigieren Sie mich, falls ich mich irre, aber nach meiner Kenntnis ist es im Bundesstaat Kalifornien nicht verboten, seinen Mitbürgern einen Besuch abzustatten. Aber wo wir gerade miteinander Fragen austauschen: Wer sind Sie und warum stellen Sie uns nach? Sie haben uns doch schon bei der Fairfax-Villa beobachtet.«

»Werd bloß nicht frech, Dicker!« Drohend trat der Bärtige einen Schritt näher. »Ich weiß, dass ihr in den Diebstahl bei Mr Fairfax verwickelt seid. Und jetzt treibt ihr euch bei seiner unbescholtenen Hausdame herum – wieso?«

Nun nahm auch Peter seinen Mut zusammen. »Wir sind in überhaupt nichts verwickelt – und wo wir uns aufhalten, geht Sie ja wohl gar nichts an!«

Unvermittelt griff der Mann in Hüfthöhe seitlich unter seine Jacke, so als wolle er nach einer verborgenen Waffe greifen. Dabei beugte er sich so nahe zum Zweiten Detektiv vor, dass die breite Hutkrempe beinahe Peters Stirn berührte. »Ihr werdet mir jetzt gut zuhören!« Seine tiefe Stimme war schneidend scharf. »Lasst die Finger von Miss Dutton oder ich komme wieder. Zu euch nach Hause. *Nachts.*« Bei diesen Worten zuckte seine Hand unter der Jacke. Er zog jedoch nicht hervor, was sich dort befand, sondern wandte sich ohne einen weiteren Kommentar ab und bog um eine Ecke in eine andere Straße ein.

Verdattert blickte Peter seinen Freund an. »Was ... war *das* denn?«

»Eine Intervention der höchst unfreundlichen Art«, erwiderte Justus nachdenklich. »Und zwar von einer erstaunlich schlecht gelaunten und gleichzeitig beachtlich gut informierten Person.«

»Und nun?«

Der Erste Detektiv deutete nach vorn. »Na, unauffällig hinterher!«

Hastig eilten sie zu der Straßenecke und reckten die Köpfe vor. Doch von dem unheimlichen Mann war nichts mehr zu sehen. Peter und Justus gingen noch einige Minuten die dicht bevölkerte Einkaufsstraße hinunter, aber der Fremde konnte in jedem der zahlreichen Geschäfte abgetaucht sein. Ihn unter diesen Bedingungen aufzuspüren, war aussichtslos. So drehten die Jungen unverrichteter Dinge wieder um.

»Mannomann«, fauchte Peter. »Erst der Shogun, dann Miyazawa und jetzt Mr Vollbart. Nun haben wir es schon mit drei Verdächtigen zu tun, die die Fähigkeit besitzen, einfach so zu verschwinden.«

»Beim Geister-Samurai und dem Herrn mit der üppigen Gesichtsbehaarung stimme ich dir zu«, gab Justus zurück. »Beim Japaner hingegen muss sich erst noch erweisen, ob er wirklich ›einfach so‹ verschwunden ist oder ob er verwertbare Indizien hinterlassen hat. Deshalb sollten wir unverzüglich unsere Fahrt nach Osten fortsetzen.«

In diesem Moment klingelte Justus' Handy. Beim Entgegennehmen des Anrufs betätigte er die Freisprech-Funktion und hielt das Telefon in Brusthöhe, damit Peter mithören und mitreden konnte. »Hier Justus Jonas.«

»Ich bin's«, meldete sich der hörbar aufgewühlte Sicherheitsfachmann.

»Larry, wo bist du?«, fragte der Erste Detektiv.

»Im Gefängnis – und da werde ich vorerst auch bleiben.« Conklin schnaubte empört. »Dieser verdammte Gutachter vom Los Angeles Police Department ...«

»Die Prüfung hat also mittlerweile stattgefunden?«, fragte Peter aufgeregt dazwischen.

»Ja«, bestätigte Larry grimmig. »Zwar ist er zu dem Ergebnis gekommen, dass bei der Installation korrekte Arbeit geleistet wurde und die Anlage einwandfrei funktioniert. Damit gilt es nun als erwiesen, dass das Datenprotokoll manipuliert wurde.«
Argwöhnisch runzelte Justus die Stirn. »Aber?«
»Dieser geltungssüchtige Beamte will mir auf Biegen und Brechen eine Beteiligung an dem Diebstahl unterschieben – angestachelt durch die Beschuldigungen von Tyrone Fairfax.«
»Und was genau wirft er dir vor?«, hakte Peter nach.
»Er behauptet, dass ich dank meiner Spezialkenntnisse eine sogenannte ›hidden door‹, also eine Geheimtür im System installiert habe. So soll ich es ermöglicht haben, von außen Zugriff auf die Anlage zu erlangen.« Conklin stöhnte leise. »Es ist zum Verrücktwerden!«
»In der Tat höchst unerfreulich«, pflichtete der Erste Detektiv mitfühlend bei. »Weißt du denn auch etwas über die Ermittlungen gegen Mr Miyazawa?«
»Soweit ich weiß, gibt es da keine Ergebnisse – der Mann ist wie vom Erdboden verschwunden. Und *ich* soll sein Komplize sein, der die Voraussetzungen für diesen spektakulären Einbruch geschaffen hat.«
»Echt übel …«, murmelte der Zweite Detektiv.
Justus atmete tief ein. »Und wie wird es für dich jetzt weitergehen?«
»In drei Tagen ist mein Haftprüfungstermin. Wenn bis dahin keine entlastenden Beweise vorliegen, bleibe ich weiter im Gefängnis. Und sollte bei einer späteren Verhandlung meine Schuld festgestellt werden, dann verbringe ich vermutlich den Rest meines Lebens hinter Gittern.«

»Du darfst nicht den Mut verlieren, Larry«, versuchte Justus, ihn aufzumuntern. »Wir werden alles tun, was in unserer Macht steht, um dich schnellstmöglich freizubekommen.«
»Versprochen!«, fügte Peter entschlossen an.
»Ich danke euch. Zwar habe ich sofort einen Anwalt eingeschaltet, aber der wirkt ziemlich überfordert.« Der folgende Satz war nicht mehr als ein Flüstern. »All meine Hoffnungen ruhen auf euch, Jungs.«
Nachdem der Erste Detektiv das Telefonat beendet hatte, blickte er grimmig durch die Windschutzscheibe. »Noch drei Tage. Die Uhr tickt …«

Neugierig betrachtete Bob den eleganten sandfarbenen Bungalow gegenüber dem Burger-Restaurant ›Texas Longhorn‹ in der Savona Road. Von einem roten Buggy war nichts zu sehen, vermutlich befand er sich in der großen Zweier-Garage neben dem Gebäude. Ein Fenster gab es nicht, um das zu überprüfen, und die Tür war fest verschlossen, wie Bob unauffällig festgestellt hatte.
»Tja, wer nicht wagt, der nicht gewinnt.« Der dritte Detektiv atmete noch einmal tief durch, dann stieg er die kleine Treppe zur Haustür hinauf und betätigte die Klingel.
Nach wenigen Sekunden wurde geöffnet und eine schlanke dunkelhaarige Frau Ende vierzig blickte ihn überrascht an. »Ja?«
»Äh, mein Name ist Bob Andrews.« Lächelnd zeigte er der Dame seinen Schülerausweis. »Ich arbeite gerade an einem Schulreferat über außergewöhnliche Fahrzeuge, und am besten sollen wir dabei auch Praxis-Erfahrungen der jeweiligen

Besitzer mit einbeziehen.« Er deutete auf die Garage. »Aus der Nachbarschaft habe ich erfahren, dass Sie einen ziemlich speziellen Strandbuggy haben, ist das richtig?«

»Nicht ich, sondern mein Mann«, erwiderte Mrs Mobray.

Bobs Augen leuchteten hoffnungsvoll. Er spürte förmlich, wie sein Puls vor Aufregung schneller zu schlagen begann. Stand er tatsächlich kurz davor, den Dieb des Weißen Leoparden zu enttarnen? Gespannt blickte der dritte Detektiv an der Frau vorbei ins Innere des Gebäudes. »Und ist Ihr Mann zu Hause?«

»Nein, Casey ist für zehn Tage auf einer Geschäftsreise in Europa und kommt erst Mitte nächster Woche zurück. Er wird dir also nicht weiterhelfen können.«

»Oh.« Man konnte Bob seine Enttäuschung überdeutlich ansehen. Führte seine heißeste Spur etwa direkt ins Nichts? Mr Mobray konnte jedenfalls unmöglich der Täter sein. »Und ... Sie selbst fahren den Wagen nicht?«

Die Frau lachte auf. »Keine zehn Pferde kriegen mich in dieses Ding – ist mir viel zu unbequem.« Sie wies hinter sich auf eine Treppe im Flur. »Aber meine Tochter Noreen leiht sich den Buggy regelmäßig. Wenn du möchtest, kannst du sie ja zu den Fahreigenschaften befragen.«

»Das wäre großartig, herzlichen Dank, Madam!«

»Na, dann komm rein – oben im Flur die zweite Tür links.«

Bob stieg die Treppe hinauf und klopfte. Nichts geschah. Stirnrunzelnd klopfte er noch einmal. Wieder keine Reaktion. Sollte sich Mrs Mobray getäuscht haben und ihre Tochter befand sich gar nicht in ihrem Zimmer? Falls ja, konnte es nicht schaden, mal einen kurzen Blick hinein zu riskieren. Behutsam drückte der dritte Detektiv die Klinke hinunter, zog die Tür einen Spalt weit auf – und erstarrte. Auf einem schlichten Regal an der gegenüberliegenden Wand ruhte in einer kunstvollen Halterung eine wunderschöne kobaltblaue Schale mit einem weißen, sich aufbäumenden Leoparden!

Doch Bob kam nicht mehr dazu, einen weiteren Gedanken zu fassen, denn plötzlich trat aus einem toten Winkel hinter der Tür eine Gestalt hervor. Unwillkürlich stolperte der dritte Detektiv einen Schritt zurück. Direkt vor ihm stand in voller Kampfrüstung, das Langschwert hoch über den Kopf gehoben, ein leibhaftiger Samurai!

Die Legende nimmt Gestalt an

In Pasadena standen Peter und Justus derweil im schummrigen Flur des ersten Stocks eines Mietshauses vor der Tür von Francis Wainrights Wohnung und klingelten bereits zum dritten Mal.

»Scheint nicht da zu sein«, stellte der Erste Detektiv fest.

»Und was jetzt?«

Justus schaute links und rechts den leeren Flur hinunter, anschließend richtete er den Blick auf das Türschloss und machte eine Kunstpause.

Peter verstand. Er sollte die Tür mit seinem Dietrichset öffnen. Energisch stemmte er die Fäuste in die Hüften. »Du weißt ganz genau, dass das Einbruch ist!«

Der Erste Detektiv setzte eine tadelnde Miene auf. »Und *du* weißt ebenso genau, dass wir es hier mit einer akuten Ausnahmesituation zu tun haben, die eine gewisse Großzügigkeit in der Auslegung der geltenden Gesetzeslage durchaus rechtfertigt.«

Einige Sekunden lang schwieg Peter. Dann schüttelte er seufzend den Kopf und griff in seine Hosentasche. Wenig später standen die beiden Jungen in der reichlich unaufgeräumten Wohnung des Butlers. Wohnzimmer und Schlafzimmer sahen so aus, als hätte der Mann in ziemlich großer Eile gepackt, dazu passte auch der Koffer, der in der Diele stand.

»Vorbereitungen für Baton Rouge ...«, raunte Peter.

»Und er hat sich nicht mal die Zeit genommen, sein Bett zu machen.« Grüblerisch zupfte Justus an seiner Unterlippe.

»Fragt sich, wo Francis jetzt ist. Schließlich ist sein Gepäck ja noch hier – er muss also wieder zurückkommen.«

»Umso wichtiger, dass wir unsere Inspektion rasch abschließen.« Geschickt öffnete Justus den Koffer und strich vorsichtig mit der Hand durch die Kleidung. »Wie ich es mir dachte – kein Weißer Leopard.«

»Schade.« Peter warf einen Blick in die Küche.

Nachdem Justus den Koffer wieder geschlossen hatte, erhob er sich und ging zu einem Schreibtisch im Wohnzimmer, auf dem mehrere Sportmagazine lagen. Und ein Prospekt. Neugierig nahm der Erste Detektiv das hochwertig gestaltete Heft in die Hand. Auf der Vorderseite war ein strahlend weißer, von Palmen umgebener Gebäudekomplex abgedruckt, der im ersten Moment an ein luxuriöses Hotel erinnerte. Doch das war es nicht.

»Vindermere Sanatorium, 70503 Lafayette, Louisiana«, las Justus leise. Nun bemerkte er einen schmalen Umschlag, der in den Prospekt geschoben worden war. Gespannt warf er einen Blick auf den Absender, zog dann den Brief heraus und überflog die in krakeliger Schrift geschriebenen Zeilen.

Im selben Moment hielt Peter vor der offenen Badezimmertür inne und schnupperte. »Irgendwas riecht hier seltsam.«

»Vielleicht Rasierwasser?«, mutmaßte Justus.

»Nein, strenger … und schärfer.«

Neugierig trat der Erste Detektiv zu ihm und sog ebenfalls die Luft ein. »In der Tat sehr eigentümlich.« Er ging zum Waschbecken und strich mit dem Zeigefinger über die seltsam stumpfe Oberfläche. Dann huschte ein wissendes Lächeln über seine Lippen. »Sieh mal einer an …«

Perplex betrachtete ihn Peter. »Sag bloß, du kennst dieses widerliche Parfüm?«
»Würde es sich um ein Parfüm handeln, wäre es in der Tat abscheulich, aber auf den Duft kommt es in diesem Fall gar nicht an.«
»Sondern?«
»Später – es ist höchste Zeit, dass wir verschwinden.«
Leise huschten die Jungen aus der Wohnung und Peter verschloss sorgfältig die Tür. Als sie sich in Richtung Treppenhaus wandten, traf sie der Schreck wie ein Blitz, denn nun erschallte eine inzwischen bekannte zornentbrannte Stimme.
»So, jetzt ist endgültig Schluss!«

Bob gab ein leises Keuchen von sich. Die Szene erinnerte an einen wirren Fiebertraum, war jedoch ganz und gar real: Vor ihm stand ein bewaffneter Samurai, der ihn bedrohte! Aber dann erkannte er es: Das Schwert, der Helm, die Schulterplatten, Arm- und Beinschienen – all das bestand aus …
»Plastik?«, fragte der dritte Detektiv verdutzt. Was auch immer hier vor sich ging, eines war unumstößlich sicher: Derjenige, der in der vergangenen Nacht in die Fairfax-Villa eingebrochen war, konnte die Vitrine unmöglich mit einem Spielzeugschwert aus Kunststoff aufgebrochen haben. Im selben Augenblick, als diese Erkenntnis in sein Bewusstsein sickerte, bemerkte Bob, dass die Form der Gesichtsmaske dieses Samurais deutliche Unterschiede zur Maske des Diebs aufwies. Und der Nackenschutz des Helms war um einiges schmaler.
»Hallooo?« Der Samurai legte den Kopf schief. »Willst du

dich nicht vorstellen?« Die helle Stimme wurde durch den Helm zwar gedämpft, klang aber durchaus sympathisch.
Der dritte Detektiv zwang sich, seine Gedanken zu sortieren.
»Mein ... mein Name ist Bob Andrews.«
»Fein, ich bin Noreen.« Die Kostümierte warf das Schwert auf ihr Bett und nahm Maske und Helm ab. Zum Vorschein kam das verschwitzte sommersprossige Gesicht eines etwa siebzehnjährigen Mädchens mit rostroten Locken. »Schickt dich meine Mom, um mir wieder irgendwelche Wohltätigkeits-Aktionen aufzuquatschen?«
»Äh, nein – ich bin wegen eines Schulprojekts hier.« Bob verharrte. »Aber ... warum hast du denn nicht geantwortet, als ich geklopft habe?«
»Hab dich nicht gehört.« Noreen deutete auf zwei Kopfhörer, die nun um ihren Hals baumelten. »Wenn ich mich in Takashis Welt versetze, höre ich mir immer die Serienmusik an.«
In Bobs Kopf drehte sich alles. »Takashi? Serienmusik?«
»Du kennst nicht ›Takashi und der Weiße Leopard‹?« Das Mädchen machte große Augen. »Wo hast du denn die letzten Jahre gelebt? In einer Höhle?«
»Ich ... verstehe nicht, was du meinst.«
»Na, dann sehe ich es als meine Bürgerpflicht an, dich aufzuklären – setz dich.« Sie deutete auf einen Sessel und ließ sich selbst aufs Bett plumpsen. »Aaalso, erst mal die Grundlagen: Takashi bedeutet so viel wie ›Respekt‹ oder auch ›Überlegenheit‹ und war der Name eines japanischen Shoguns. Er lebte in der ersten Hälfte des 17. Jahrhunderts im Gebiet der heutigen Stadt Hamura, westlich von Tokio.«

»Bevor er von einem hinterhältigen Rivalen mit einem kostbaren Geschenk getäuscht und dann umgebracht wurde«, fügte Bob an.

Staunend nickte das Mädchen. »Oh, du weißt ja doch, wovon ich spreche.«

»Das wäre zu viel gesagt – ich habe nur flüchtig von der Legende um diesen Shogun gehört.« Bob deutete auf die prachtvolle Schale hinter sich. »Ebenfalls Plastik, stimmt's?«

Das hübsche Mädchen zwinkerte. »Eigentlich ist es ein Frisbee.« Noreen wandte sich um und zog einen dicken ledergebundenen Wälzer aus einem Regal. »Im Jahr 1837 erschien in England erstmals ein biografischer Roman über Takashis abenteuerliches Leben – das hier ist natürlich keine Originalausgabe.« Sie gab Bob das Buch, der interessiert darin zu blättern begann. »Vor fünf Jahren kam dann ein cleverer Verleger in Osaka auf die Idee, die Shogun-Legende als Bildergeschichte herauszubringen.«

»Als Manga-Comic?«, fragte Bob überrascht. »Diese Bücher, die man von hinten nach vorne und von rechts nach links liest?«

Das Mädchen seufzte. »Manga *ist* das japanische Wort für Comic. Es heißt also schlicht Manga.«

In gespielter Demut senkte der dritte Detektiv den Kopf. »Für meine Unkenntnis bitte ich vielmals um Verzeihung.«

»Typischer Anfängerfehler.« Lächelnd wies das Mädchen auf ein weiteres deckenhohes Regal, das von oben bis unten mit bunten Taschenbüchern, Heften und Magazinen vollgestopft war. »›Takashi und der Weiße Leopard‹ wurde auch außerhalb Asiens ein Riesenhit, deshalb hat man gleich eine ganze

Manga-Reihe draus gemacht, die es bis heute gibt. Es folgte eine japanische Anime-, also Zeichentrickserie, die international vermarktet wurde, und für nächstes Jahr ist ein großer Kinofilm geplant.«

»Wow!« Erst jetzt kam Bob dazu, ausführlich das geräumige Zimmer zu betrachten, das über und über mit Postern und Plakaten tapeziert war, die allesamt Samurais und weiße Leoparden zeigten. »So etwas nennt man einen echten Fan.«

»Fan *und* leidenschaftliche Cosplayerin«, präzisierte Noreen.

»Cosplayerin? Du verkleidest dich also als Takashi?«, folgerte Bob.

Das Mädchen verdrehte die Augen. »Bei dir muss man wirklich bei Adam und Eva anfangen.« Sie klopfte energisch auf den Brustharnisch. »Das hier ist die Rüstung von *Yuna*, der kämpferischen Gefährtin von Takashi, die nach seinem Tod den Leoparden an ihre Seite nahm.«

Irritiert hob Bob die Augenbrauen. »Die Porzellanschale?«

»Ojeee …« Noreen klatschte sich gegen die Stirn. »Die Schale, die Takashi von seinem Rivalen geschenkt bekam, war doch nur eine Huldigung an den *echten* weißen Leoparden, der sein treuester Freund und Beschützer war. Nach Takashis Tod trat der Leopard an Yunas Seite, um auf einer heldenhaften Odyssee gegen alle Feinde des Shoguns anzutreten.«

Bob konnte sich ein Grinsen nicht verkneifen. »Das gehört dann aber eher zur späteren Ausschmückung durch die Mangas und Trickfilme, oder?«

»Na und? Alles basiert auf einem wahren Kern, der Rest ist künstlerische Freiheit.« Unter Bobs verdutzten Blicken sprang das Mädchen plötzlich auf und zog alle Gardinen zu.

»Äh … was wird das jetzt?«
»Kein Grund, sich ins Hemd zu machen«, gab Noreen spitz zurück. »Ich will dir bloß einen Kumpel vorstellen.«
Diese eigenartige Information, verbunden mit dem dunklen Raum, vermochte Bobs Skepsis keineswegs zu beseitigen.
Leise vor sich hin summend holte das Mädchen nun aus einer Schreibtischschublade einen taschenlampenartigen Gegenstand hervor. Als sie anschließend einen Knopf betätigte, erschien an der gegenüberliegenden Schrankwand eine täuschend echt wirkende Projektion des zähnefletschenden grellweißen Leoparden.
»Holla!« Überrascht zuckte der dritte Detektiv zusammen.
Noreen strahlte übers ganze Gesicht. »Das neueste Schmuckstück meiner Sammlung. Cool, oder?«
»Allerdings …« Auf Bobs Stirn zeichnete sich eine steile Falte ab. »Lass mich raten – hin und wieder geisterst du mit deinem ›Kumpel‹ auch in Nachbargärten herum, stimmt's?«
Irritiert hielt das Mädchen inne. Dann verengten sich ihre Augen. »Moment mal, warum *genau* bist du hier? Dir geht's doch gar nicht um ein Schulprojekt, oder?«
Bob hielt die Zeit für gekommen, seine Tarnung aufzugeben. Nachdem er Noreen eine Visitenkarte der drei ??? überreicht und von Larry Conklins Beobachtung sowie dem dramatischen Diebstahl berichtet hatte, hockte sich Noreen mit blasser Nasenspitze zurück auf die Bettkante.
»Verdammte Axt. Der Weiße Leopard … geklaut.« Sie stutzte, als sei ihr gerade eine Erkenntnis gekommen. Mit flackerndem Blick starrte sie Bob an. »Du … glaubst doch wohl nicht, dass *ich* das war?«

Beschwichtigend winkte der dritte Detektiv ab. »Keine Aufregung – sämtliche Verdachtsmomente haben sich in den letzten fünf Minuten in Luft aufgelöst. Ich bin hier, weil wir vor dem Fairfax-Grundstück Reifenspuren von eurem Buggy gefunden haben.« Er verschränkte die Arme vor der Brust. »Aber warum hast du dich überhaupt da rumgetrieben?«

Verlegen kratzte sich das Mädchen am Arm. »Na ja ... vor einiger Zeit habe ich einen Artikel der Los Angeles Post ausgeschnitten, in dem über die Versteigerung des Weißen Leoparden berichtet wurde. Ich sammle ja alles zu dem Thema.«

Bob lächelte amüsiert. »Ist mir gar nicht aufgefallen.«

Unbeeindruckt fuhr Noreen fort: »Als mir dann klar wurde, dass der Käufer hier ganz in der Nähe wohnt, da ...«

»... da konntest du es dir nicht nehmen lassen, heimlich in voller Samurai-Montur in den Garten des Fairfax-Anwesens zu schleichen, um den Fluch-Grusel dieser berühmt-berüchtigten Prunkschale zu spüren«, führte Bob den Satz zu Ende. »Einschließlich deiner famosen neuen Leoparden-Lampe.«

»So ungefähr«, gab Noreen zu. Ihre Augen leuchteten schwärmerisch. »Es war echt super, diese unglaublichen Energien zu spüren. Die *echte* Kultschale von Takashi! Zu gerne hätte ich einen Blick darauf geworfen, aber ich habe mich nicht näher ans Haus herangetraut.« Ihre Miene verfinsterte sich. »Und jetzt ist sie futsch ...«

»Noch ist ja nichts verloren. Wenn meine Freunde und ich Erfolg haben, ist der Dieb den Weißen Leoparden bald wieder los.« Aufmunternd schaute Bob sie an. »Und vielleicht kannst du uns dabei sogar unterstützen.«

»Ich?«, fragte das Mädchen aufgeregt. »Wie denn das?«

»Ursprünglich war ich unterwegs, um mir Fachliteratur zur Shogun-Legende zu besorgen.« Demonstrativ wies Bob auf die prall gefüllten Bücherregale. »Aber das kann ich mir jetzt vielleicht sparen.«

»Klaro!«, gab Noreen begeistert zurück. »Womit kann ich dienen?«

Der dritte Detektiv tippte auf das Buch in seiner rechten Hand. »Zum einen würde ich mir gern die Ursprungsgeschichte von diesem Takashi ausleihen. Und zum anderen wäre es super, wenn du mir stichwortartig alles Wichtige über den echten Leoparden erzählen würdest, der das Vorbild für die Schale war. Und über Takashis bösen Rivalen, der sich mit diesem Geschenk bei dem Shogun einschlich. Vielleicht ergibt sich daraus ein zusätzlicher Hinweis auf die Motive des Diebs.«

»Kein Problem, da muss ich dir gar nicht groß was erzählen – dafür gibt es extra ein Lexikon! Moment ...« Sie richtete ihre Leoparden-Lampe auf ein Bücherregal, zog ein kobaltblaues Buch hervor und reichte es Bob. »Sonst noch was?«

»Ja.« Schmunzelnd blickte der dritte Detektiv sich um. »Es wäre toll, wenn wir jetzt wieder Licht machen könnten.«

Ein Fund, der alles ändert

Vor Peter und Justus stand, breitbeinig und wutschäumend, der vollbärtige Fremde. Dann stürmte er mit geballten Fäusten auf die Jungen zu.

Einer inneren Eingebung folgend riss Justus eine seiner Visitenkarten aus der Hosentasche und hielt sie wie einen zu klein geratenen Schutzschild vor sich. Und was er dabei ausrief, ließ sowohl den Bärtigen als auch Peter entgeistert die Augen aufreißen. »Bitte, tun Sie nichts Unüberlegtes, Francis, wir sind Detektive!«

»Woher ...?« Der Mann stoppte im vollen Lauf. Sämtliche Spannung schien auf einen Schlag aus ihm zu entweichen.

»Das schlichte Ergebnis einer logischen Schlussfolgerung«, erwiderte der Erste Detektiv betont ruhig und ließ die Karte sinken. »In Ihrem Badezimmer hängt der intensive Geruch nach Theaterkleber, den man unter anderem für das Anbringen künstlicher Bärte benötigt. Darüber hinaus tragen Sie zwar andere Kleidung, aber dieselben Wildlederschuhe wie in der Villa. Ihr Auftauchen sowohl beim Fairfax-Grundstück vor einer Stunde als auch vorhin bei der Wohnung von Miss Dutton sowie Ihre Kenntnis vom Diebstahl des Weißen Leoparden ließ die Vermutung dann schließlich zur Gewissheit werden.«

Der Mann blinzelte verwirrt. »Und wer sagt mir, dass ihr nicht bloß gewiefte Komplizen des Diebs seid, die hier irgendein schräges Ding abziehen? Solche Visitenkarten kann sich ja jeder drucken.«

»Ich kann Ihr Misstrauen durchaus nachvollziehen.« Justus deutete zur Wohnungstür. »Deshalb möchte ich den Vorschlag machen, dass Sie im Rocky Beach Police Department anrufen und sich mit Inspektor Cotta verbinden lassen. Er wird Ihnen bestätigen, dass wir tatsächlich Detektive sind und ihn schon oft bei der Aufklärung von Kriminalfällen unterstützt haben.«

Wainright zögerte kurz, dann grummelte er etwas Unverständliches und machte eine auffordernde Geste, ihm zu folgen. In der Wohnung trat er an seinen Schreibtisch, ließ sich von Justus die Nummer geben und griff zum Telefon. Das Gespräch mit Cotta war nur kurz, verfehlte aber nicht seine Wirkung. Nachdem das Gespräch beendet war, wies der Butler auf eine gemütliche Sitzecke, in der sie alle drei Platz nahmen.

»Soso, waschechte Detektive, und noch dazu recht gute.« Wainright verengte die Augen. »Der Inspektor warnte aber auch vor eurem Leichtsinn, mit dem ihr euch regelmäßig in Schwierigkeiten bringt.«

»Stichwort ›Einbruch in fremde Wohnungen‹«, zischte Peter seinem Freund zu.

Justus atmete tief ein. »Zu unserer Verteidigung möchte ich anführen, dass wir Sie und Miss Dutton im Fall ›Weißer Leopard‹ bis vor Kurzem für tatverdächtig hielten.«

»Hielten?« Verdutzt blickte Peter seinen Freund an. »Seit wann tun wir das denn *nicht* mehr?«

Der Erste Detektiv beugte sich zum Schreibtisch vor und hielt das bunt bedruckte Werbe-Heft in die Höhe. »Seitdem ich diesen Prospekt hier entdeckt habe.« Er wandte sich an Mr Wainright. »Darf ich vermuten, dass ein Familienmitglied von

Miss Dutton erkrankt ist und nun eine Therapie in dieser Klinik antreten wird?«
Der Mann stutzte. »Wie kommst du darauf?«
»Wenn Sie gestatten?« Justus zog den Umschlag aus dem Prospekt, deutete auf den Absendernamen Valery Dutton und las anschließend den Brief vor. »Lieber Francis, heute bin ich im Sanatorium angekommen. Alles wirkt sehr hell und freundlich, aber natürlich sorge ich mich vor dem Ungewissen. Umso mehr freue ich mich darauf, dass du und Geraldine mich bald besuchen kommt. Ich weiß gar nicht, wie ich dir für all die Unterstützung danken soll. Sei umarmt und lieb gegrüßt von Valery.«
Nach kurzem Zögern nickte der Butler. »Miss Duttons Schwester.«
»Darüber hinaus vermute ich, dass Geraldine Dutton einen finanziellen Beitrag zu der offenkundig kostspieligen Behandlung geleistet hat. Eine Aussage, die im Rückblick ein solches Vorhaben nahelegt, konnten wir zufällig während eines Telefonats belauschen.«
»Soso, ›zufällig‹«, gab der Butler spöttisch zurück. »Genauso zufällig wie das Durchwühlen meiner Sachen, richtig?«
Für einen kurzen Moment setzte betretenes Schweigen ein.
»Aber du hast recht«, griff Francis den Faden wieder auf. »Die Therapie ist sehr teuer und Geraldines Schwester ist nicht versichert. Glücklicherweise hat sich Mr Fairfax dazu bereit erklärt, ihr einen unbürokratischen Kredit einzuräumen.«
»Mr Fairfax? Das sieht ihm aber gar nicht ähnlich«, wunderte sich Peter. »Wenn man bedenkt, dass er nicht mal seinem Bruder helfen will.«

»Man sollte sich kein Urteil über jemanden erlauben, den man nicht wirklich kennt«, konterte Francis kühl.
»Da haben Sie zweifellos recht«, stimmte Justus zu. »Lassen Sie mich dennoch kurz auf die Frage zurückkommen, warum Sie uns verkleidet beschattet haben?«
»Na, weil ihr mir schon in der Villa verdächtig neugierig vorgekommen seid. Besonders du.« Er fixierte den Zweiten Detektiv, der verlegen den Blick senkte. »Als ich dann heute Morgen durch die Polizei vom Diebstahl des Weißen Leoparden erfuhr, schrillten bei mir sämtliche Alarmglocken.«
»Im Unterschied zur Anlage in der Villa«, murmelte Justus.
»Vom letzten Halloween hatte ich noch diesen mächtigen Wikingerbart im Schrank«, fuhr der Butler fort. »Also entschloss ich mich, getarnt zum Fairfax-Anwesen zu fahren und die Lage zu observieren. Als ich euch dort sah, sagte mir mein Instinkt, dass da irgendetwas im Busch ist.«
»Also hängten Sie sich an uns dran«, ergänzte Peter.
»Ja. Ich habe Mr Fairfax viel zu verdanken. Er hat mir diesen Job gegeben, trotz meiner Vorgeschichte. Deshalb versteht es sich von selbst, dass ich mich nach diesem schweren Schlag für ihn einsetze.«
»Das ist sehr ehrenvoll«, erwiderte Justus ernst. »Und ich räume ein, dass Ihnen unser Verhalten suspekt erschienen sein muss. Aber ich bitte Sie hier und jetzt, uns Vertrauen entgegenzubringen. So wie Sie für Mr Fairfax einstehen, versuchen wir, unseren unschuldigen Auftraggeber Larry Conklin zu entlasten. Er hat dieses Verbrechen nicht begangen, sitzt aber dennoch im Gefängnis.«
Mr Wainright presste die Lippen aufeinander.

»Sir, glauben Sie uns: Wir spielen alle im selben Team«, beteuerte der Zweite Detektiv.

»Peter hat recht«, versicherte Justus. »Wenn wir den Fall aufklären, ist sowohl Mr Fairfax als auch Mr Conklin geholfen.«

»Ich finde euer Engagement ja wirklich lobenswert, aber Miss Dutton und ich können euch hier vor Ort nicht weiterhelfen«, gab der Butler zurück. »Heute Abend geht unser Flug und es müssen noch mehrere Vorbereitungen getroffen werden. Aber wenn ihr an meiner Meinung interessiert seid: Da Conklin und ihr als Verdächtige ausscheidet, bin ich ziemlich sicher, dass der Japaner hinter dem Einbruch steckt.«

»Vieles spricht dafür, in der Tat – dieser Spur werden wir als Nächstes nachgehen.« Der Erste Detektiv räusperte sich. »Darf ich zum Schluss noch fragen, was Sie gerade mit Ihrer ›Vorgeschichte‹ meinten, die Mr Fairfax nicht davon abgehalten hat, Sie einzustellen?«

Die Antwort kam schnell und harsch. »Das geht nur den Captain und mich etwas an.«

Peter blinzelte irritiert. »Äh …«

Wainright blickte auf seine Armbanduhr. »Nichts für ungut, Jungs, aber ich habe wirklich noch eine Menge zu tun.« Er kritzelte etwas auf einen Zettel und gab ihn dem Ersten Detektiv. »Hier, das ist der Name unseres Hotels in Lafayette, ein Handy habe ich nicht. Wenn es Neuigkeiten zum Weißen Leoparden gibt, sagt mir Bescheid.«

Justus nahm das Papier entgegen und nickte. »Das werden wir tun, Sir. Und richten Sie Miss Dutton bitte unsere besten Wünsche für sie und ihre Schwester aus.«

Auf dem Weg zurück zum Dodge klingelte das Handy des Ersten Detektivs. Es war Bob, der seine Freunde darüber informierte, dass es sich bei dem Shogun im Garten lediglich um einen übermotivierten Manga-Fan mit einer Projektionslampe gehandelt hatte. Im Gegenzug berichtete Justus dem dritten Detektiv, dass Miss Dutton nicht mehr als Täterin für den Diebstahl infrage kam.

»Bei Francis Wainright hingegen gibt es noch einen gewissen Klärungsbedarf«, sagte Justus. »Er deutete nämlich irgendeine ominöse Vorgeschichte an. Deshalb sind erneut deine Fähigkeiten in puncto Recherchen gefragt, während Peter und ich uns Miyazawas Motel vornehmen.«

»Klingt interessant – schieß los.«

»Wir benötigen so viele Informationen wie möglich über das Leben des Butlers. Irgendetwas muss in seiner Vergangenheit vorgefallen sein, wovon auch Mr Fairfax weiß. Und es kann nichts Gutes gewesen sein. Außerdem muss irgendein Captain eine Rolle spielen.«

»Wäre es dann nicht das Beste, Fairfax direkt zu befragen?«

»Vorerst noch nicht«, widersprach Justus. »Der Mann ist bekanntlich sehr impulsiv und bei einem falschen Stichwort könnte er sich zu irgendeiner Kurzschlussreaktion hinreißen lassen. Deshalb baue ich zunächst auf dich.«

»Aye, aye, Chef!«

Weitere zwanzig Minuten später hatten Peter und Justus ›Hardy's Inn‹ erreicht.

Beim Anblick der heruntergekommenen Anlage kratzte sich der Zweite Detektiv am Kopf. »Also, spätestens jetzt ist für mich klar, dass an dem Japaner etwas faul ist. Ein steinreicher Industrieller würde sich doch niemals in *so* einem Dreckloch einmieten.«

»Vollkommen zutreffend«, bestätigte Justus. »Womit sich umso mehr die Frage aufdrängt: Ist Satoshi Miyazawa wirklich derjenige, als der er sich ausgab?«

An der ungepflegten Rezeption standen die Jungen einem gelangweilt wirkenden stoppelbärtigen Mann Anfang dreißig gegenüber, in dessen Mundwinkel eine unangezündete Zigarette hing.

»Zimmer?«, fragte er nuschelnd.

»Ja und nein«, erwiderte Justus und holte seine Visitenkarte hervor. Währenddessen fragte er sich, ob er sie je bei einem früheren Fall öfter gezückt hatte. »Wir sind Privatdetektive und sollen im Auftrag eines Klienten die letzten 24 Stunden nachvollziehen, die Mr Miyazawa hier zugebracht hat.«

Der Blondschopf sah alles andere als beeindruckt aus. »Sinnlos. Die Polizei war schon hier und hat das Zimmer auf den Kopf gestellt.«

»Wir würden trotzdem gern einen kurzen Blick reinwerfen«, beharrte Peter.

Lässig wechselte der Mann die Zigarette von einem Mundwinkel zum anderen. »Geht nicht. Ist gegen die Vorschriften.«

»Das respektieren wir natürlich, dennoch möchte ich Sie bitten, eine Ausnahme zu machen«, setzte Justus erneut an. »Sie würden damit einen wichtigen Beitrag im Dienste der Wahrheitsfindung leisten.«

Doch auch dieses Argument schien nicht zu wirken. Stattdessen legte der Mann nun beiläufig seine rechte Hand mit der

Innenfläche nach oben auf den Tresen. »Vielleicht könnte ein Besuch von Andrew Jackson meine Meinung ändern.«

»Von *wem*?« Peter hob verwirrt die Schultern.

Der Erste Detektiv hingegen verstand. Er biss die Zähne zusammen. Andrew Jackson, der siebte Präsident der Vereinigten Staaten von Amerika, zierte den Zwanzig-Dollar-Schein. Ein reichlich unverschämter Preis für ein paar Minuten in einem gammligen Motelzimmer. Doch Justus hatte keine Wahl. Irritiert beobachtet von Peter, holte er seine Geldbörse hervor und legte kommentarlos drei Fünf-Dollar-Scheine in die Hand des Mannes. »Mehr hab ich nicht.«

»Ein Lincoln-Trio tut's auch«, brummte der Blonde, steckte das Geld ein und reichte Justus einen Schlüssel, auf dessen kleinem Messingschild die Zahl ›6‹ eingestanzt war.

Auf dem Weg zur entsprechenden Zimmertür blickte Peter seinen Freund entgeistert an. »Fünfzehn Dollar?«

»Unsere Verhandlungsposition war denkbar schlecht«, erwiderte Justus genervt. »Außerdem drängt die Zeit.«

Eine knappe Minute später standen die Jungen in einem fensterlosen, muffigen Raum.

»Versifftes Bettzeug, Brandflecken im Teppich, Schimmel an der Tapete ...« Angeekelt rümpfte Peter die Nase. »Also, wenn *das* hier das Quartier eines steinreichen Geschäftsmanns aus Kyoto war, heiße ich Harry Potter.«

»Und ich Hermine«, schloss sich Justus an. »Womit bestätigt sein dürfte, dass Mr Miyazawa seine Rolle als vermögender Industrieller nur gespielt hat. Und das tat er gewiss mit einem konkreten Ziel.«

Grübelnd schritt der Zweite Detektiv durch das Zimmer.

»Fragt sich, wohin dieser windige Japaner verschwunden ist. Und wo steckt der verflixte Weiße Leopard?«
Ächzend ließ sich Justus auf einer schmutzverkrusteten Duschmatte im winzigen Badezimmer nieder. »Wenn uns das Glück hold ist, finden wir hier trotz der Polizei-Durchsuchung einen Hinweis, der uns weiterbringt.«
Und tatsächlich – kurz darauf wurde Peter fündig. Eingeklemmt unter einem offenbar verrutschten Bein des klapprigen Bettgestells entdeckte er ein abgerissenes Stück Papier. Doch im selben Moment, als er den etwa sechs Zentimeter großen Zettel näher betrachtete, wünschte er sich, er hätte ihn nicht gefunden.
»Was hast du da?«, fragte Justus mit Blick auf seinen plötzlich sehr blass gewordenen Freund.
»Ein ... Stück von einem Kalenderblatt«, hauchte Peter fassungslos. »Von gestern. Und auf der Rückseite steht eine handschriftliche Notiz.«
»Dann stammt dieser Vermerk mit höchster Wahrscheinlichkeit von dem Japaner!« Aufgeregt richtete sich der Erste Detektiv auf. »Und? Was steht da?«
Peter atmete lange aus. Dann hielt er seinem Freund den Zettel hin.

11 Uhr, Crestview Drive, L. Conklin

Schrecklicher Verdacht

Für einen quälend langen Moment herrschte betroffenes Schweigen.

»Justus …«, setzte Peter schließlich zögerlich an. »Sag mir bitte, dass ich falschliege.« Er hielt das Papierstück mit spitzen Fingern wie ein widerliches Insekt in die Höhe. »Beweist dieser Wisch, dass Larry … *doch* in den Diebstahl der Schale verwickelt ist?«

»So weit würde ich nicht gehen«, entgegnete der Erste Detektiv sichtlich bewegt. »Aber ich gestehe, dass mein Vertrauen in Larrys Unschuld soeben eine heftige Erschütterung erfahren hat.«

Verunsichert ließ Peter den Zettel sinken. »Und … was heißt das jetzt für uns?«

Justus blickte ihn ernst an. »Wir sind bei diesem Fall angetreten, um die Wahrheit herauszufinden, nicht mehr und nicht weniger. Und genau das werden wir tun. Ohne Rücksicht auf das Ergebnis.«

Währenddessen saß Bob in seinem immer noch in der Savona Road geparkten Käfer und telefonierte mit seinem Vater, der als Journalist bei der Los Angeles Post arbeitete und den drei ??? in der Vergangenheit schon so manchen Dienst erwiesen hatte. Auch diesmal konnte Mr Andrews behilflich sein.

»Mr Fairfax und sein Butler waren *beide* beim Militär?«, fragte der dritte Detektiv verwundert.

»Diese Information wurde bestätigt, ja.«

Bob runzelte die Stirn. »Hältst du es für möglich, an weitere Einzelheiten heranzukommen?«

»Hm, schwierig ... Aber ich habe noch ein paar Kontakte, über die ich vielleicht mehr herausfinden kann.«

Als Mr Andrews seinen Sohn zwanzig Minuten später wieder anrief, hatte er tatsächlich Erstaunliches zu berichten. Nachdem Bob das aufschlussreiche Telefonat beendet hatte, murmelte er verblüfft: »Immer wieder Japan ...«

Er rief er den Ersten Detektiv an und kam gleich zur Sache. »Na, wie weit seid ihr?«

»Wir haben die Untersuchung des Motelzimmers soeben abgeschlossen und befinden uns auf dem Rückweg nach Bel Air«, erklärte Justus zögerlich.

»Und?«, fragte Bob aufgeregt. »Habt ihr irgendwas herausgefunden, das Larry entlastet?«

»Nein, das ... kann man nicht behaupten.« Justus gab einen leisen Seufzer von sich und berichtete dem dritten Detektiv von dem beunruhigenden Fund im Motel. Anschließend verabredeten sie sich zum Mittagessen in dem Schnellrestaurant gegenüber dem Haus der Mobrays.

Eine knappe halbe Stunde später saßen die drei Jungen an einem kleinen Ecktisch in dem voll besetzten, wie eine rustikale Scheune eingerichteten Schnellrestaurant. Gerade als sie ihre Bestellung aufgegeben hatten, klingelte Justus' Handy.

»Hier ist Larry«, meldete sich der Sicherheitsexperte. Er klang noch aufgewühlter als beim letzten Anruf. »Gerade hat sich mein Anwalt bei mir gemeldet – es ist schrecklich!«

»Was ist passiert?« Beunruhigt stand der Erste Detektiv auf und ging wegen der lauten Geräuschkulisse vor die Tür.

»Im Motelzimmer des Japaners hat die Polizei im Papierkorb die Rechnung einer Mietwagenfirma gefunden. Datiert auf den Tag seines Eincheckens – ausgestellt auf den Namen *Larry Conklin*!«

»Auch das noch«, murmelte der Erste Detektiv und wischte sich über das Gesicht. »Larry, ich muss dir etwas mitteilen. Auch Peter und ich waren in diesem Zimmer und haben dort eine handschriftliche Notiz gefunden, die den Eindruck erweckt, dass du mit Miyazawa im Crestview Drive verabredet warst.«

»Oh nein ...«

Justus wog seine folgenden Worte genau ab. »Ich will ehrlich zu dir sein: Nach objektiven Gesichtspunkten bist du dringender denn je verdächtig, an dem Einbruchdiebstahl beteiligt zu sein. Deshalb muss ich dir jetzt eine einfache, aber entscheidende Frage stellen: Gibt es irgendetwas im Zusammenhang mit dem Weißen Leoparden, das du uns bislang verschwiegen hast?«

»*Was?* Ich ... nein!« Conklin gab ein Keuchen von sich. »Denkt ihr jetzt etwa auch, dass ich schuldig bin?«

»Das habe ich nicht gesagt. Aber angesichts der heiklen Situation ist es unabdingbar, dass wir –«

»Diese ganze Sache ist ein abgekartetes Spiel!«, rief Larry völlig außer sich. »Eine Intrige! Irgendjemand will mich fertigmachen!«

»Aber *wer*?«, fragte Justus nachdrücklich. »Wem könnte daran gelegen sein, dir mit derartigem Aufwand zu schaden?«

»Himmel noch mal – *ich weiß es nicht*!« Er klang nun schon fast hysterisch. »Es ist, als hätte wirklich ein Fluch zugeschlagen!«

»Du darfst jetzt nicht die Nerven verlieren«, mahnte der Erste Detektiv. »Was auch immer hinter all diesen Vorgängen steckt, wir werden es ans Licht bringen.«

Mit versteinertem Gesicht kehrte der Erste Detektiv an den Tisch zurück und klärte seine Freunde über den dramatischen Stand der Dinge auf.

»Unfassbar«, fauchte Bob empört. »Wenn man's nicht besser wüsste, müsste man spätestens jetzt von Larrys Schuld überzeugt sein.«

Unsicher zupfte Peter an einer Serviette. »*Wissen* wir es denn wirklich besser? Ich meine, können wir uns tatsächlich sicher sein, dass Larry unschuldig ist?«

Der Erste Detektiv nickte. »Für mich steht das, trotz zwischenzeitlicher Zweifel, nach diesem Telefonat jetzt fest. Larry und der Japaner wären die dümmsten Verbrecher der Welt, wenn sie dermaßen eindeutige Indizien hinterlassen würden. Ein loser Kalenderblatt-Schnipsel ist das eine, aber eine komplette, mit dem *echten* Vor- und Nachnamen versehene Rechnung schon etwas ganz anderes.«

»Also handelt es sich um eine bewusst ausgelegte falsche Spur, um den Verdacht auf Larry zu lenken«, folgerte Peter.

»Höchste Zeit, dass wir endlich einen greifbaren Verdächtigen an den Haken bekommen«, stellte der dritte Detektiv fest und holte sein Notizbuch hervor. »Dank der Verbindungen meines Dads konnte ich Folgendes über den Butler herausfinden: Francis Wainright hat als junger Mann bei der amerikanischen Luftwaffe gedient.«

»Als Pilot?«, fragte Peter aufhorchend. Er erinnerte sich an die umfangreiche Militär-Literatur in den Regalen des Butlers.

»Nein, als einfacher Soldat, ein sogenannter Airman. Interessanter als sein eigentlicher Job ist aber der Ort, an dem er diese Arbeit ausübte. Stationiert war Francis Wainright nämlich bei der 5. Luftflotte der United States Forces *Japan*.«

»Aufgemerkt!« Die Augen des Ersten Detektivs weiteten sich.

»Es wird noch besser«, fuhr Bob fort. »Der fragliche Luftwaffenstützpunkt Yokota liegt nämlich nahe der Stadt Hamura, westlich von Tokio. Genau in jenem Gebiet, in dem der sagenumwobene Shogun Takashi im 17. Jahrhundert gelebt hat.«

»Huiii ...«, raunte Peter.

»Der Mythos dieses Samurai-Generals war und ist, insbesondere in diesem Landstrich, dermaßen allgegenwärtig, dass niemand, der dort gelebt hat, darum herumgekommen sein kann. An jeder Ecke sind dort Imitationen der berühmten Prunkschale zu kaufen.«

Nachdenklich tippte sich Justus mit dem Zeigefinger gegen die Unterlippe. »Fakt ist somit, dass Francis Wainright schon seit Jahrzehnten von der legendären Leoparden-Schale weiß, die nun aus einer Villa gestohlen wurde, in der er als Butler angestellt ist.«

»Kann das wirklich ein Zufall sein?«, fragte Peter zweifelnd.

»Hört zu – das Highlight kommt erst noch.« Bob deutete auf die letzte beschriebene Seite. »Nach vier Jahren Dienstzeit wurde Francis wegen eines Disziplinarvergehens aus dem aktiven Dienst entlassen.«

»Oh«, horchte der Erste Detektiv auf. »Was hat er denn angestellt?«

»Das konnte Dads Informant nicht mehr herausfinden. Bekannt ist aber, wer der Vorgesetzte war, der das Vergehen gemeldet und somit für Wainrights Rausschmiss gesorgt hat.«

»Nämlich?«, erkundigte sich Peter gespannt.

Feierlich betonte der dritte Detektiv beim Dienstgrad und Namen jede Silbe. »Der kampferfahrene und vielfach ausgezeichnete *Captain Tyrone Galahad Fairfax*. Ein hochdekorierter Air-Force-Pilot, der in seiner Laufbahn so ziemlich jedes Flugzeug-Modell geflogen hat, das bei den amerikanischen Luftstreitkräften im Einsatz war. Die Karriere als Börsenmakler hat Fairfax erst nach dem Ende seiner Militärzeit eingeschlagen.«

»Halleluja«, hauchte Justus.

Peters Serviette war inzwischen vollkommen zerknüllt. »Verbessert mich, wenn ich mich irre, aber steht Francis jetzt plötzlich mit einem fetten Tatmotiv da?«

»Späte Rache für das Karriere-Ende bei der U.S. Air Force«, bestätigte Bob ernst.

Nachdenklich kratzte sich der Zweite Detektiv am Kinn. »Aber ... machen wir da nicht einen Denkfehler? Wenn das alles so offensichtlich ist, dann wäre Fairfax doch längst selbst drauf gekommen, dass sein Butler stark verdächtig ist.«

»Unter normalen Umständen würde ich dir zustimmen«, erwiderte Justus. »Aber an Tyrone Fairfax *ist* nichts normal, im Gegenteil – sein Verhalten ist in hohem Maße irrational. Er ist dermaßen von der Fluchlegende besessen, dass in seiner verqueren Weltsicht einzig und allein der Geist des Shoguns die Tat begangen haben kann.«

»Er käme also gar nicht erst darauf, eine ›irdische‹ Person zu

verdächtigen, selbst wenn es im Fall seines Butlers durchaus naheläge«, ergänzte Bob.
Justus nickte. »Hinzu kommt, dass Francis nicht nur ein Motiv, sondern auch die Gelegenheit hatte, den Einbruch zu begehen. Wie schon festgestellt, hätte er ohne Probleme den Code für die Alarmanlage ausspähen können, außerdem sind ihm sämtliche Abläufe im Haus vertraut. Und natürlich kennt er den extremen Aberglauben seines Arbeitgebers.«
»Den er gezielt gegen Fairfax einsetzen könnte«, fügte Bob an. »Er wüsste ja, dass sein Boss nach der Tat nur in *eine* Richtung denken würde. Außerdem hatte Francis während seiner Zeit in Yokota vermutlich auch Zugriff auf traditionelle japanische Kleidung und Ausrüstung.«
In Erinnerung an den falschen Rauschebart strich sich Peter über das Kinn. »Dass er sich gerne kostümiert, wissen wir ja schon.«
Der dritte Detektiv schob sein aufgeschlagenes Notizbuch von einer Hand in die andere. »Unterm Strich wäre es also absolut denkbar, dass er als Shogun verkleidet in die Villa eingedrungen ist und die Prunkschale gestohlen hat.«
»Und anschließend legte er mit seinem Komplizen Miyazawa die falsche Fährte in Richtung Larry«, ergänzte Justus.
Peter zog die Stirn kraus. »Ich frage mich gerade, wie es Francis überhaupt geschafft hat, als Butler in der Villa unterzukommen. Mag ja sein, dass Fairfax momentan geistig von dem Fluch blockiert ist, aber bei der Einstellung von Francis kann das ja wohl keine Rolle gespielt haben.«
»Vollkommen richtig.« Der Erste Detektiv stand erneut auf.
»Wo willst du hin?«, fragte Bob verblüfft.

Justus deutete zur Tür. »Raus und Fairfax anrufen. Es wird Zeit, sich über die aufgeworfenen Fragen Klarheit zu verschaffen.«

Kurz darauf stand der Erste Detektiv an den Dodge gelehnt, wählte erneut Zacharys Nummer und ließ sich den Börsenmakler geben.

»Was gibt's?« Der Mann klang höchst ungehalten. »Mach's kurz, ich bin beim Mittagessen.«

»Verzeihen Sie die Störung, Sir, aber meine Frage drängt. Und da sie im Kontext mit dem Diebstahl Ihrer Prachtschale steht, ist deren rasche Beantwortung in Ihrem eigenen Interesse.«

Am anderen Ende der Leitung war ein verärgertes Schnaufen zu hören. »Jetzt quatsch nicht groß rum, komm endlich auf den Punkt!«

Mühsam schluckte Justus seine Verärgerung über den respektlosen Tonfall herunter. »Zunächst hätte ich die Bitte an Sie, sich für einen kurzen Moment von dem Gedanken zu lösen, dass der Shogun für das Verschwinden der Schale verantwortlich ist.«

»Und warum sollte ich so etwas Abwegiges tun?«

»Dazu komme ich jetzt. Bei unseren Recherchen sind wir auch auf Ihre gemeinsame Militärvergangenheit mit Mr Wainright und dessen unfreiwilliges Ausscheiden aus der Air Force gestoßen.«

»Und?«

»Nun, wir halten es für denkbar, dass Ihr Butler sich gewissermaßen in Ihren Haushalt eingeschlichen hat, um mit dem Diebstahl des Weißen Leoparden späte Vergeltung für Ihre Einleitung des damaligen Disziplinarverfahrens zu üben.«

»So ein Blödsinn!«, bellte Fairfax. »Francis hat überhaupt keinen Grund für irgendwelche Rachepläne. Die Meldung des Vorfalls war meine Dienstpflicht. Danach habe ich mich sogar dafür eingesetzt, dass er nicht vors Militärgericht gestellt wurde, sondern lediglich den Dienst quittieren musste. So entging er einer längeren Haftstrafe – dafür war er mir unendlich dankbar.«

Justus schluckte. Der Hauptverdächtige, der sich gerade erst an die Spitze ihrer Liste katapultiert hatte, stürzte nun unversehens dramatisch ab. »Und ... wie kam es zu seiner Anstellung bei Ihnen?«

»Na, wie schon? Francis hat sich um die Stelle beworben. Das Leben hatte es bis dahin nicht gut mit ihm gemeint und um der alten Zeiten willen habe ich ihn eingestellt. Er hat mich nie enttäuscht.« Fairfax stöhnte genervt. »Statt meinen treuen Butler zu verdächtigen, solltet ihr euch mit der Tatsache abfinden, dass der Geist des Shoguns erschienen ist, weil euer elender Mr Conklin sträflich versagt hat. Und jetzt lass mich gefälligst in Ruhe mit deinen idiotischen Hirngespinsten – mein Soufflé wird kalt!«

Wendepunkt

Wie ein begossener Pudel kehrte Justus zu seinen Freunden zurück. Die bestellten Burger, Pommes-Körbchen und Colagläser standen bereits auf dem Tisch, doch er verspürte plötzlich keinerlei Appetit mehr.

»Reinfall auf ganzer Linie«, murrte er und berichtete von dem Telefonat.

Entmutigt ließ Bob den Blick sinken. »Wie gewonnen, so zerronnen …«

»Äh … täusche ich mich oder hat sich die Zahl unserer Verdächtigen gerade auf *eins* reduziert?«, fragte Peter. »Cosplayerin weg, Miss Dutton weg, Mr Wainright weg und Larry erst recht weg. Bleibt nur noch der verflixte Japaner.«

»Der vermutlich längst über alle Berge ist«, fügte Bob an.

»Und statt des falschen Miyazawa sitzt nun ein unschuldiger Sicherheitsfachmann im Gefängnis, gegen den sämtliche Indizien im Fall ›Weißer Leopard‹ sprechen«, knurrte Justus verbittert. »Ein wahrhaft teuflisches Komplott.«

Lustlos begannen die Jungen mit dem Essen. Es schmeckte zwar hervorragend, konnte die schlechte Stimmung aber dennoch nicht aufhellen. Für Larry Conklin sah es schlimmer aus als je zuvor. Gedankenversunken schüttete Justus eine erstaunliche Menge Tomatenketchup auf seinen Teller.

Skeptisch betrachtete Bob die Aktion. »Willst du deinen Chickenburger *essen* oder in einem roten See versenken?«

Plötzlich verharrte Justus und stellte die Ketchup-Flasche wie in Zeitlupe auf den Tisch. Dann murmelte er: »Rot …«

»Habe ich was nicht mitbekommen?«, wunderte sich Peter.
Nun riss der Erste Detektiv die Augen auf. »Der rote Strandbuggy!«
»Ähm …«, setzte Bob zaghaft an. »Ich erinnere dich ungern daran, aber Noreen Mobray ist definitiv und zu hundert Prozent als Täterin auszuschließen.«
»Es geht nicht um das Mädchen«, rief der Erste Detektiv enthusiastisch, »sondern um den Buggy!«
»Ich komme da nicht mit«, gestand Peter. »Denkst du, dass der Japaner den Buggy benutzt hat, um den Verdacht auf die Cosplayerin zu lenken? Aber warum dann die falschen Beweise gegen Larry?«
Justus schüttelte energisch den Kopf. »Ich spreche nicht von dem Japaner, sondern von Tyrone Fairfax!«
In den Augen von Bob und Peter spiegelte sich völlige Verwirrung.
»*Fairfax* soll den Buggy gefahren haben?«, fragte der Zweite Detektiv perplex.
»Nein!«, widersprach Justus eindringlich. »Aber er hat bezüglich dieses Fahrzeugs gelogen.«
Gespannt beugte sich Bob vor. »Das musst du erklären.«
»Dank deiner Recherchen wissen wir, dass Mr Fairfax ein unglaublich erfahrener und vielfach ausgezeichneter Pilot der U.S. Air Force war. Und *so* ein Spezialist in Sachen Maschinen und Technik behauptet allen Ernstes, dass er nicht in der Lage sei, einen feuerroten Buggy mit Ballonreifen von einem stinknormalen Auto zu unterscheiden?!«
»Oh Mann, du hast recht …«, raunte Peter. »Das ergibt hinten und vorne keinen Sinn.«

»Genau – es ergibt keinen Sinn«, bestätigte Justus. »Mr Fairfax hat hier bewusst die Unwahrheit gesagt, und das muss einen triftigen Grund haben! Deshalb ist nun dringend geboten, dass wir alles Bisherige infrage stellen.«
»Du meinst … Mr Fairfax könnte doch irgendwie in dem Fall mit drinstecken?«, fragte Peter irritiert.
»Exakt das gilt es herauszufinden. Wenn die Aussage über den Buggy gelogen war, dann sicher auch noch mehr. Wir müssen die gesamte Geschichte noch einmal ganz von vorne aufrollen und auf ihren Wahrheitsgehalt überprüfen, angefangen bei Fairfax' Glauben an das Übernatürliche und seiner Beauftragung von Safe-T-System.«
»Nicht zu vergessen die Versteigerung bei Hastings«, ergänzte Bob.
»Das Auktionshaus, das die Prunkschale versteigert hat, heißt Hastings?«, erkundigte sich der Erste Detektiv.
»Ja, bei meinen Recherchen rund um den Weißen Leoparden bin ich darauf gestoßen.«
»Hastings …«, murmelte Peter mit abwesendem Blick. Dann verhärteten sich plötzlich seine Gesichtszüge. »*Hastings!*«
»Äh …« Verdattert starrten seine Freunde ihn an.
»Leute!« Peter wedelte wild mit den Händen. »Bei unserem ersten Treffen mit Fairfax habe ich mitbekommen, dass er leise darüber gespottet hat, wie schlecht sein Neffe bei Hastings eingeparkt hat. Damals habe ich mir nichts weiter dabei gedacht, aber jetzt …«
»Jetzt sieht es plötzlich so aus, als ob die angeblich zutiefst zerstrittenen Tyrone und Zachary Fairfax *gemeinsam* bei der Auktion waren!«, ergänzte Justus mit funkelnden Augen.

»Und das würde die gesamte Situation grundlegend ändern.«
Nickend stand Bob auf. »Zeit für eine weitere Recherche.«

Etwa zehn Minuten später – Justus hatte sich inzwischen einen mächtigen Puddingbecher bestellt und vertilgte ihn genüsslich mit wiedergewonnenem Appetit – kehrte ein ebenso zufrieden aussehender dritter Detektiv zurück.
»Volltreffer, Kollegen! Im Internet habe ich nach einiger Suche einen Videoclip vom entscheidenden Moment der Versteigerung gefunden, den einer der Anwesenden online gestellt hat.« Er klickte den entsprechenden Link an und hielt seinen Freunden das Handydisplay hin.
Gespannt schauten sich Justus und Peter das ziemlich verwackelte Video an. Soeben war in einer Nahaufnahme Mr Fairfax zu sehen, der im entscheidenden Moment der Versteigerung eine Nummernkarte hob, um sein finales Gebot über stolze 2,3 Millionen Dollar abzugeben. Angesichts des spektakulären Abschlusses brandete im Publikum Applaus auf. Im Gesicht des Börsenmaklers spiegelten sich Stolz und Selbstzufriedenheit. Und neben ihm …
»Tatsächlich!«, entfuhr es Justus. »Das ist Zachary – mit einem breiten Lächeln im Gesicht!«
Peter zog die Stirn kraus. »Aber … wieso hat er seinen Onkel zu der Auktion begleitet? Zachary war doch strikt gegen den Kauf.«
»Er hätte also eher *verhindern* müssen, dass Tyrone Fairfax überhaupt hingeht«, stimmte Bob zu.
Kopfschüttelnd blickte der Zweite Detektiv auf das Display.

»Das gibt's doch nicht – der kommt ja aus dem Grinsen gar nicht mehr raus! Wie passt das damit zusammen, dass er den Weißen Leoparden für eine vollkommen idiotische Anschaffung hält?«

»Gar nicht«, erwiderte Justus trocken.

»Mann, Mann, Mann ...« Ungläubig schüttelte Peter den Kopf. »Da schaut man sich ein kleines Filmchen an und plötzlich steht alles auf dem Kopf.«

»Eins ist jetzt zumindest sicher«, ergänzte Bob zornig. »Man hat uns nach Strich und Faden belogen.«

»In der Tat.« Justus nickte und schob energisch seine leere Puddingschale beiseite. »Das alles war von Anfang an ein hinterhältiges Spiel.«

Plötzlich stockte der Zweite Detektiv. Das Video war inzwischen weitergelaufen und schwenkte nun durch das applaudierende Publikum. »Leute, jetzt wird's endgültig verrückt!« Peter hielt den Film an und deutete hektisch auf einen schlanken Mann mit asiatischen Gesichtszügen, der etwas abseits von einem Stehtisch aus das Geschehen verfolgte.

Auch Bob riss nun die Augen auf. »Das ist doch ...«

»Satoshi Miyazawa!«, ergänzte Justus sichtlich überrascht.

Peter nickte eifrig. »Zwar ist die Frisur anders, die Brille fehlt und vor ein paar Tagen hatte er noch buschigere Augenbrauen, aber die waren wahrscheinlich angeklebt.«

»Onkel, Neffe und Japaner – alle vereint auf der Auktion des Weißen Leoparden«, stellte Bob fest.

Peter blinzelte irritiert. »Dann ... stimmt es also gar nicht, dass Miyazawa erst nachträglich von der Versteigerung erfahren hat.«

»An der ganzen Geschichte stimmt überhaupt nichts«, gab Justus zurück. Plötzlich stutzte er und beugte sich näher über das Display.

»Was hast du?«, wollte der dritte Detektiv wissen.

»Die Mütze …«

Verdutzt blickte Peter ihn an. »Mütze?«

Der Erste Detektiv deutete auf den Asiaten. »Miyazawas Baseballkappe! Genauer gesagt der Werbeaufdruck.«

»*Ry-ba-tron*«, las Bob langsam vor.

»Und?« Ratlos zuckte Peter die Achseln. »Was hat das zu bedeuten?«

Justus lächelte vielsagend. »Als Zachary bei unserer ersten Begegnung seinen Onkel wüst angeschrien hat, ist auch folgender Satz gefallen: ›Ich würde Dad ja selber helfen, aber du weißt ganz genau, dass ich in meinem Job bei Rybatron keine solche Summe anhäufen kann!‹«

»Donnerwetter!«, entfuhr es dem Zweiten Detektiv. »Zachary und Miyazawa …«

Bob fuhr sich fassungslos durchs Haar. »Wenn das ein Zufall ist, fress ich 'nen Besen quer.«

»Ich lege sogar noch einen Eimer indische Chili-Soße obendrauf«, pflichtete Justus bei. »Und daraus folgt, dass noch eine letzte Recherche zu erledigen ist.«

Der dritte Detektiv atmete tief ein und griff nach seinem Handy. »Schon verstanden, Chef!«

Bereits wenige Minuten später konnte Bob das Ergebnis seines Telefonats mitteilen. »Kollegen, mit seiner Beobachtung hat unser Erster wirklich den Vogel abgeschossen.«

»Dann rück schon raus damit!«, forderte Peter ungeduldig.

»Rybatron ist ein kleines Software-Unternehmen in Brentwood. Und die Dame von der Personalabteilung war dankenswerterweise sehr auskunftsfreudig bezüglich zweier ›überaus fähiger‹ Kollegen.« Ein Grinsen huschte über Bobs Gesicht. »Zachary Fairfax und *Atsushi Yamato* – Spezialgebiet: Informationstechnik!«

»Oh, ich hatte euch noch gar nicht so bald erwartet.« Zachary blickte die drei Detektive verblüfft an, als er ihnen kurz darauf die Tür öffnete.
Lässig deutete Peter hinter sich auf die Zufahrt. »Wir wollten Ihnen den Dodge zurückbringen.«
»Und über einige unserer Ermittlungsergebnisse mit Ihnen und Ihrem Onkel sprechen«, ergänzte Bob mit geheimnisvollem Lächeln.
»Das klingt ja spannend, kommt rein.« Der Neffe machte eine einladende Geste.
»Spannend wird es auf jeden Fall ...«, flüsterte Justus.
Bereits im Flur war ein intensiv süßlicher Rauchgeruch wahrzunehmen. Tyrone Fairfax war wie immer in seinen grünen Bademantel gekleidet, hatte nun jedoch zusätzlich einen seltsamen fächerförmigen Federschmuck auf dem Kopf, der bei jeder seiner Bewegungen hin- und herwippte. Der Sammler saß im Wohnsalon auf einer Ledercouch, rührte mit einem dünnen Metallstab in einer stark qualmenden Räucherschale herum und gab mit kehliger Stimme einen fremdartigen Singsang von sich.
»Ihr seid bei euren Ermittlungen also auf etwas gestoßen?«, fragte Zachary interessiert.

»Ja, das sind wir«, bestätigte Peter. »Unter anderem auf Beweise gegen Mr Conklin.«
Der Mann runzelte die Stirn, während sein Onkel weiterhin ungerührt vor sich hin summte. »Dann ... steckt er also tatsächlich in der Sache mit drin.«
Bob schüttelte den Kopf. »Ganz und gar nicht.«
Zachary verschränkte die Arme vor der Brust. »Wie ist das zu verstehen?«
»Keine Sorge – Sie *werden* verstehen«, entgegnete Justus in souveränem Tonfall. »Zunächst sei verraten, dass es ein roter Strandbuggy war, der die Dinge im wahrsten Sinne des Wortes ins Rollen gebracht hat.«
Erst jetzt verstummte der Singsang. »Ein ... *Buggy*?« Entgeistert beugte sich Tyrone Fairfax vor. »Was soll dieser Quatsch?«
»Kein Quatsch«, gab Peter kühl zurück und nickte Bob zu. Dieser holte sein Notizbuch hervor und schaute dem Börsenmakler direkt in die Augen. »Wie ich bei meinen Recherchen in Erfahrung bringen konnte, waren Sie, Mr Fairfax, ein Hochklasse-Pilot in der U.S. Air Force. Als solcher haben Sie im Laufe Ihrer langen Militärkarriere diverse verschiedene Kampfjets geflogen. Vom störanfälligen Uralt-Jäger Convair F-102 Delta Dagger bis hin zur spektakulären Lockheed F-117 Nighthawk, dem weltweit ersten Flugzeug mit Tarnkappentechnik. Ein brillanter Technik- und Maschinen-Experte mit jahrzehntelanger Berufserfahrung.«
»Und so ein Mann soll nicht in der Lage sein, einen verrückten Strandbuggy von einem normalen Straßenwagen zu unterscheiden?«, ergänzte Justus spöttisch. »Diese Wahrscheinlichkeit dürfte gegen null tendieren.«

»Unsinn …«, knurrte Zachary.

»Aber das ist noch nicht alles.« Peter wandte sich dem Börsenmakler zu. »Sie waren ein zigfach ausgezeichneter Offizier, der rund um den Globus unzählige Kampfeinsätze geflogen hat.«

»Air-Force-Piloten zählen zu den bestausgebildeten, abgeklärtesten und härtesten Spezialisten der Streitkräfte«, erläuterte Justus. »Im Leben dieser Soldaten zählen ausschließlich Fakten, denn davon hängt ihr Leben ab.«

»Und ein solcher Elitekämpfer soll sich nun in einen abergläubischen Spinner verwandelt haben, der sich vor Samurai-Geistern zu Tode fürchtet?!«, fragte Bob mit sarkastischem Unterton. »Nein, Sir, das kaufen wir Ihnen nicht ab.«

»Nicht *mehr*«, präzisierte Justus. »Die dramatische Darbietung, die Sie uns hier geliefert haben, war zugegebenermaßen äußerst überzeugend. So schafften Sie es, sich eine ganze Weile für unser Radar unsichtbar zu machen.«

Mit düsterem Blick stemmte Peter die Hände in die Hüften. »Bis die Tarnkappe Risse bekam …«

»Nachdem sich die ersten Zweifel eingeschlichen hatten, stellten wir uns die entscheidende Frage«, führte Bob weiter aus. »Warum sollten Sie eine solche Show abziehen?«

Stumm starrte der Börsenmakler die Jungen an. Seine Gesichtszüge waren vollkommen unbewegt.

Der Erste Detektiv deutete in den Ausstellungsraum. »Die Antwort lautet, dass Sie, Mr Fairfax, mit ihrer bühnenreifen Darbietung samt der völlig überzogenen Yttrium-Anschuldigung gezielt einen einzigen Verdächtigen in den Mittelpunkt rücken wollten: Larry Conklin.«

»Ihnen war natürlich klar, dass die Polizei Ihr Gefasel von ei-

nem Geister-Samurai nicht ernst nehmen würde«, ergänzte Peter.
Justus nickte. »Anders sah es mit den ständig wiederholten Schlagwörtern ›Conklin‹ und ›schuldig‹ aus. Damit richteten Sie den Fokus von Anfang an und mit größter Vehemenz auf unseren Auftraggeber. In keine andere Richtung sollten die Ermittlungen gehen.«
»Sie wussten, dass die Buggyfahrerin Noreen Mobray nicht die Täterin war«, fügte Bob an. »Somit stellte das Mädchen eine ungewollte Ablenkung von Mr Conklin dar.«
Peter verengte die Augen. »Deshalb behaupteten Sie, dieses mehr als auffällige Fahrzeug nicht zu kennen, obwohl es jedem sofort im Gedächtnis bleibt.«
»Und was den großzügigen Kredit für Miss Dutton angeht«, ergänzte Justus, »so diente er meiner Vermutung nach lediglich dem Zweck, die Sympathien Ihrer beiden Angestellten zu festigen, die später gegenüber der Polizei nur Gutes über Sie zu berichten hätten. Mit Nächstenliebe hatte das jedoch absolut nichts zu tun, sondern vielmehr mit reinem Kalkül.«
Zum ersten Mal nach längerer Pause ergriff nun Mr Fairfax wieder das Wort. Seine Stimme war leise und durchdringend. »Ich habe keine Ahnung, was in euren verwirrten Köpfen vorgeht, aber einen solch unfassbaren Schwachsinn habe ich in meinem ganzen Leben noch nicht gehört.«
»Wir drei sind keineswegs verwirrt, sondern alle bei klarem Verstand«, erwiderte der Erste Detektiv ungerührt. »Und spätestens bei einem genauen Blick hinter die Kulissen erweist sich Ihr groß angelegter Plan keineswegs als schwachsinnig, sondern als höchst effizient.«

»Und was genau sollte mein Onkel damit bezwecken?«, fragte Zachary angriffslustig.
»Das wissen Sie beide doch ganz genau«, erwiderte Bob scharf. »*Sie selbst* stecken hinter dem Verschwinden der Schale!«
»Ihr später dann exzellent vorgetäuschter Tobsuchtsanfall war der perfekte Pseudo-Beweis, dass der angebliche Diebstahl Ihres Lieblingsstücks Sie zutiefst erschüttert hat.« Justus fixierte den Makler mit finsterem Blick. »Die exakten Hintergründe kennen wir noch nicht, aber bei einem skrupellosen Egoisten wie Ihnen könnte ich mir gut vorstellen, dass Sie schlichtweg keine Lust hatten, auf 2,3 Millionen Dollar zu verzichten, wenn Sie das Geld von Safe-T-System zurückbekommen könnten.«
»Und zwar durch ein niederträchtiges Komplott gegen Larry Conklin.« Peter funkelte den Sammler herausfordernd an. »Der Weiße Leopard selbst ist wahrscheinlich immer noch irgendwo hier im Haus!«

Die Villa der Lügen

»Was?«, fauchte Tyrone Fairfax zornig. »Ihr habt doch alle den Verstand verloren!«

»Im Gegenteil, wir sind geistig voll auf der Höhe«, widersprach Justus. »Die ganze Geschichte begann während Ihrer Stationierung auf dem amerikanischen Luftwaffenstützpunkt Yokota in Japan, wo Sie zum ersten Mal mit der Legende des Weißen Leoparden in Kontakt kamen. Mutmaßlich keimte damals Ihr Wunsch auf, die Originalschale des Samurai-Generals zu besitzen, quasi als Denkmal Ihrer unvergleichlichen Soldatenkarriere.«

»Aber zu diesem Zeitpunkt hatten Sie nicht die notwendigen finanziellen Mittel«, ergänzte Bob. »Die stellten sich erst Jahrzehnte später in Ihrem neuen Job ein. Als die Prunkschale dann tatsächlich in einer Versteigerung auftauchte, mussten Sie buchstäblich um jeden Preis zuschlagen.«

Abfällig taxierte Peter den Makler. »Und anschließend zogen Sie eine riesige Betrugsnummer auf.«

»Alles war von langer Hand geplant«, stellte Justus fest, »angefangen beim Opfer Larry Conklin. Sämtliche Spuren sollten auf ihn weisen.«

»Aber um Mr Conklin zur perfekten Zielscheibe zu machen, brauchten Sie noch einen ganz besonderen Nebelwerfer«, fügte der Zweite Detektiv an.

»Den besessenen Kunstsammler Satoshi Miyazawa – eine Figur, die Sie so geschickt aufgebaut haben, dass wir bis vor Kurzem nie darauf gekommen wären, eine Verbindung zu Ihnen herzustellen«, erklärte Bob. »Die Wende brachte ein Videoclip von der Versteigerung des Weißen Leoparden.« Er holte sein Handy hervor, startete das Auktions-Video und hielt dem Fairfax-Duo das Display hin. Doch weder die irritierende Harmonie zwischen Zachary und seinem Onkel noch das Auftauchen des angeblichen Geschäftsmanns aus Kyoto entlockte den Männern die geringste Reaktion. Erst als Mr Miyazawa dem Sammler am Ende des Films mit strahlendem Lächeln auf die Schulter klopfte, so als wolle er ihm zum Kauf des Weißen Leoparden gratulieren, begann Tyrone Fairfax nervös zu blinzeln.

Peter schnaubte verächtlich. »Dass der Japaner Ihr erbitterter Konkurrent ist, der Ihnen unbedingt die Prachtschale abjagen will, war also ebenfalls gelogen.«

»Eine eiskalte Inszenierung, von Anfang an«, wiederholte Justus. »Das gilt natürlich auch für den unheimlichen Geister-Shogun. Er stellte eine ideale Blendfigur dar, um den gesamten Fall auf Ihre angebliche Wahnvorstellung zu fokussieren.« Er richtete seinen bohrenden Blick auf Tyrone Fairfax. »Ich könnte mir sogar vorstellen, dass Sie sich den Spaß gemacht haben, *selber* in dem Kostüm aufzutreten.«

»Dass Sie uns anschließend als Detektive gewähren ließen, war ebenfalls pure Berechnung«, ergänzte Bob. »Es hätte schlicht zu verdächtig gewirkt, wenn Sie unsere Dienste ausgeschlagen hätten.«

Statt einer Antwort raunte der Börsenmakler nur: »Komplett bekloppt allesamt ...«

»Auch der Streit zwischen Ihnen und Ihrem Neffen war reine Show«, fügte Peter an. »Das Ganze diente bloß dem Zweck,

Ihre Fluch-Angst vorzuführen, die so groß ist, dass nicht mal die angebliche Not Ihres Bruders Sie dazu bringen konnte, die Schale an den Japaner zu verkaufen.«

»Ihr habt doch nicht mehr alle Latten am Zaun!«, brüllte Fairfax nun, doch Bob ging nicht darauf ein, sondern wandte sich an den Neffen.

»*Sie* haben sich ebenfalls auf sehr überzeugende Weise unverdächtig gemacht, indem Sie gegen den vermeintlichen Widerstand Ihres Onkels die Polizei hinzugezogen haben.«

»Was oberflächlich so aussah wie ein klarer Unschuldsbeweis, stellt sich im Nachhinein als reine Notwendigkeit mit willkommenem Nebeneffekt heraus.« Justus deutete auf den Ausstellungsraum. »Safe-T-System hätte ja *auf jeden Fall* darauf bestanden, den Einbruch offiziell untersuchen zu lassen. Da konnten Sie auch gleich selbst die Polizei alarmieren und sich auf diese Weise elegant von der Verdächtigenliste verabschieden.«

Zachary knurrte abfällig. »Lächerlich!«

»Ich sehe keinen, der hier lacht«, erwiderte Peter kühl.

Bob steckte sein Handy wieder ein. »Nachdem wir Ihren Unschuldsmantel gelüftet hatten, rückten wir zum ersten Mal Sie in den Mittelpunkt unserer Ermittlungen. Dabei stießen wir auf die interessante Information, dass Sie ein ausgewiesener Informatik-Experte in einem Software-Unternehmen sind.«

Justus blickte zum Bedienpult im Ausstellungsraum hinüber. »Mit Ihren Fähigkeiten war es für Sie also ein Leichtes, das Datenprotokoll des Sicherheitssystems zu manipulieren, nachdem Sie die Alarmanlage abgeschaltet hatten.«

»Zumal Sie ja auf die Unterstützung Ihres ebenso erfahrenen

Kollegen Miyazawa bauen konnten«, ergänzte Peter. »Oder sollte ich statt Miyazawa lieber Atsushi Yamato sagen?«

»Er war es, der die Fassade des fanatischen Sammlers aus Kyoto aufbauen sollte, den es in Wahrheit niemals gab«, fügte Bob hinzu. »Seine Hauptaufgabe bestand darin, diese Rolle zu spielen und die gefälschten Beweise gegen unseren Klienten zu hinterlassen. Und zwar in einem so heruntergekommenen Motelzimmer, dass es der Polizei sofort verdächtig vorkommen musste.«

»Anschließend löste sich der falsche Miyazawa in Luft auf und ließ seinen vermeintlichen Komplizen Larry Conklin zurück«, fügte Justus an. »Ihn benötigten Sie als Sündenbock, der über die technischen Fähigkeiten zur Einrichtung einer ›hidden door‹ im Alarmsystem verfügt, die in Wirklichkeit nie existiert hat. Conklin sollte für *Ihr* Verbrechen hinter Gitter gehen, was gleichbedeutend mit der Zerstörung seiner Existenz gewesen wäre.«

Der Zweite Detektiv schüttelte angewidert den Kopf. »Und beinahe wären Sie mit dieser gigantischen Schweinerei durchgekommen …«

Zum ersten Mal während der vergangenen Minuten erkannten die Jungen einen deutlichen Riss in der zornigen Selbstsicherheit ihrer beiden Gegenspieler. Doch die drei ??? kamen nicht dazu, diesen Triumph auszukosten, denn unvermittelt erklang hinter ihnen eine dumpfe Stimme.

»Keine falsche Bewegung oder ich schlitze euch auf!«

Takashi und Yuna

Hinter den Detektiven stand eine hochgewachsene Gestalt mit Metallmaske und Samurai-Helm. Das blitzende Langschwert in der rechten Hand war zweifellos echt!
Justus war der Erste, der sich nach einem kurzen Schreckmoment wieder fing. »Soso, Mr Yamato ist zu seinen Auftraggebern zurückgekehrt.«
Erst jetzt erkannten die Jungen, dass der Mann nicht vollständig kostümiert war, sondern normale Kleidung trug. Dieser Auftritt schien also eine spontane Aktion zu sein.
»Und wo ist der Rest der Ausrüstung?«, fragte Bob abfällig. »In der Rumpelkammer?«
»Im Keller«, antwortete Tyrone Fairfax zur Überraschung der drei Detektive freimütig. Die arrogante Selbstgefälligkeit war in sein Gesicht zurückgekehrt. »Im selben Geheimraum, in dem sich auch der Weiße Leopard befindet.«
Diese plötzliche Offenheit verunsicherte Peter. »Und … was soll jetzt passieren?«
Langsam erhob sich der Börsenmakler von der Couch. »Jetzt unterhalten wir uns in aller Ruhe darüber, mit welchem Zuschuss zu eurem Taschengeld wir die Sache regeln werden.«
Bob verzog sein Gesicht. »Glauben Sie ernsthaft, dass Sie uns mit einem plumpen Bestechungsversuch davon abhalten können, unseren Klienten aus dem Gefängnis zu befreien?«
»Klient!« Zachary zischte abfällig. »Ihr seid drei Schüler, die sich zu der wirren Idee verstiegen haben, Detektive zu sein.«

»Moral und Gerechtigkeitssinn haben nichts mit dem Alter zu tun«, entgegnete Justus unbeeindruckt.

Der Neffe machte ein würgendes Geräusch. »Oh Mann …«

»Drei naive Weltverbesserer auf großer Mission.« Tyrone Fairfax schmunzelte sarkastisch. »Aber für jedes Leiden gibt es ein Gegenmittel. Was haltet ihr von … fünfhundert Dollar pro Nase?«

Peter verzog das Gesicht. »Sie kapieren es einfach nicht, oder? Wir sind nicht käuflich.«

»Jeder ist käuflich!«, fauchte Mr Yamato. »Es kommt nur auf den Preis an.«

»So ist es«, stimmte Fairfax zu. »Und deshalb erhöhe ich mein Angebot auf tausend Dollar.«

Bob ballte die Fäuste. »Hören Sie uns eigentlich zu oder sind Sie gerade auf Autopilot?«

Der Sammler atmete tief ein. »Eins muss man euch lassen, Jungs, ihr habt eine sehr effektive Verhandlungsstrategie. Also kürzen wir die Sache ab: dreitausend Dollar für jeden der drei ›Detektive‹.«

Selbstbewusst trat Justus einen Schritt auf den Börsenmakler zu. »Sir, in Ihrer Welt mag alles und jedes ein Preisschild haben. Aber Sie werden akzeptieren müssen, dass wir nicht zu dieser Welt gehören.«

»Mir reicht's jetzt!« Wutentbrannt starrte der falsche Shogun den Börsenmakler an. »Wenn Sie die Bengel nicht in den Griff kriegen, übernehme ich das!«

Peter schluckte beunruhigt. Im Unterschied zum Fairfax-Duo war Yamato extrem nervös. Ihm war offenkundig bewusst, wie viel er zu verlieren hatte. Und das machte ihn gefährlich.

Mit drohend erhobenem Schwert schritt er auf die Jungen zu. »Wenn ihr nicht endlich Vernunft annehmt, dann –«

Weiter kam er nicht, denn in diesem Moment erschallte von der Flurtür her ein wilder Ausruf.

»*Im Namen des Weißen Leoparden!*«

Mit lautem Scheppern krachte nun ein flaches Objekt gegen das Samuraischwert, woraufhin Yamato entgeistert aufschrie. Diesen kurzen Augenblick völliger Verwirrung nutzte Peter und trat dem überrumpelten Mann schwungvoll die Waffe aus der Hand. Geistesgegenwärtig griff sich der Erste Detektiv das Schwert und richtete die Klinge auf den Maskierten. Daraufhin schnappte sich Bob einen massiven Bronze-Kerzenhalter, mit dem er sich drohend vor den erstarrten Fairfaxes aufbaute. Jetzt erst wandten alle ihre Köpfe dem rothaarigen Mädchen zu, das ein tiefblaues Stirnband trug, auf dem in weißer Farbe japanische Schriftzeichen aufgedruckt waren. Euphorisch reckte es die Faust in die Höhe.

»Noreen?« Bobs Blick sprang von der Cosplayerin zu dem am Boden liegenden Wurfgeschoss – der kobaltblauen Plastikschale – und wieder zurück. »Was machst *du* denn hier?«

Das Mädchen machte eine ausgreifende Geste. »Diese ganze verrückte Sache mit dem Diebstahl des Weißen Leoparden und euren detektivischen Ermittlungen hat mich total hibbelig gemacht – deshalb wollte ich unbedingt wissen, wie es weitergeht. Also habe ich mich an dich beziehungsweise an euch drangehängt und –«

»Moment mal.« Justus beschlich ein ungutes Gefühl. »Du hast uns die ganze Zeit mit deinem quietschroten Buggy beschattet, *ohne* dass wir es gemerkt haben?«

»Nee, der wäre ja viel zu unpraktisch. Ich habe meinen Motorroller genommen und natürlich immer ausreichend Abstand gehalten. Zurück bei der Villa habe ich mich dann auf die Lauer gelegt und beobachtet, was drinnen vor sich ging.« Mit abschätziger Miene deutete sie auf den Entwaffneten. »Tja, und als ich dann gesehen habe, wie diese miese Takashi-Kopie euch bedroht hat, war für mich klar, dass es für Yuna an der Zeit war einzugreifen.«
Verwirrt hob Peter die Augenbrauen. »Yuna?«
»Erklär ich später«, zischte Bob leise.
Justus blickte auf die Plastikschale. »Und was hat es damit auf sich?«
»Mein persönlicher Glücksbringer«, erwiderte Noreen stolz. »Habe ich immer im Rucksack dabei. Diesmal zu *eurem* Glück.«
Justus lächelte anerkennend. »Alle Achtung – deine Aktion war wirklich großartig. Aber gänzlich waren wir dann doch nicht auf Frisbee-Glück angewiesen.« Lauschend hob er den rechten Zeigefinger. Von fern war ein sich näherndes Sirenengeheul zu hören, in das sich lautstarkes Fluchen der Fairfaxes mischte. »Die Kavallerie hatte ich bereits alarmiert, bevor wir zu unserem letzten Duell angetreten sind.«
Schmunzelnd hob Bob die gewölbte Scheibe auf und betrachtete die zähnefletschende Raubkatze. »Ein Happy End wie aus dem Bilderbuch: Die bösen Diebe der Prunkschale werden vom Weißen Leoparden höchstpersönlich zur Strecke gebracht.«
»Womit wir beim Stichwort wären.« Justus beugte sich zu dem falschen Samurai vor, den er nach wie vor mit dem

Schwert in Schach hielt. »Sie können jetzt Ihre Maske abnehmen, werter Takashi alias Miyazawa alias Yamato.« Er grinste breit. »Der Shogun hat endgültig ausgespukt …«

Am nächsten Nachmittag saßen Justus, Peter, Bob und Larry Conklin im ›Café Seeblick‹ in Rocky Beach, um miteinander den erfolgreich aufgeklärten Fall zu feiern. Nachdem die Polizei die Prunkschale sichergestellt und die Aussagen der drei Detektive aufgenommen hatte, war Conklins Entlassung nur noch eine Formsache gewesen.

»Ich weiß gar nicht, was ich sagen soll, Jungs.« Larry seufzte leise. »Noch vor 24 Stunden hatte ich lebenslanges Gefängnis vor Augen. Und jetzt … bin ich ein freier Mann.«

»Einen Klienten lassen die drei ??? nie im Stich«, erwiderte Bob lächelnd.

Auch Peter strahlte mit der Sonne um die Wette. »Diese eiserne Regel nehmen wir sehr genau.«

Genüsslich genehmigte sich Justus ein großes Stück von seiner Schoko-Toffee-Torte. »Und welcher Ort wäre für unsere Feier geeigneter als dieses Café, in dem wir dir beim Fall ›Ameisenmensch‹ zum ersten Mal begegnet sind?«

»Wahre Worte.« Conklin ließ seinen Blick schweifen. »Aber damals hätte ich nicht im Traum gedacht, dass ich mal selbst zur Hauptfigur eines eurer Abenteuer werde.«

»Besser bei uns die Hauptfigur als woanders Statist.« Amüsiert genehmigte sich Bob einen weiteren Löffel von seinem Spaghetti-Eis.

Grinsend rührte Peter seinen Vanille-Milchshake um. »Das könnten wir zu unserem zweiten Slogan machen.«

»Keine schlechte Idee.« Nachdenklich kratzte sich Justus an der Wange. »Ist euch eigentlich aufgefallen, dass unser damaliger und der jetzige Fall eine erstaunliche Gemeinsamkeit aufweisen?«

Der dritte Detektiv zog die Stirn kraus. »In beiden Fällen ging es um kostbare Kunstwerke.«

»Zweifellos richtig«, stimmte Justus zu. »Ich meinte aber etwas anderes.«

»Beide waren mächtig nervenaufreibend?«, riet Peter.

»Das auch, aber die auffälligste Parallele zeigen doch die Schurkenfiguren. Beide waren maskierte Schreckgestalten mit scharfen Klingen: auf der einen Seite die wandelnde Vogelscheuche mit ihrer Sense und auf der anderen der Geister-Samurai mit seinem Schwert.«

Belustigt betrachtete Bob den Sicherheitsfachmann. »Du scheinst eine bewundernswerte Anziehungskraft auf dämonische Gestalten auszuüben.«

»Na, danke.« Larry winkte ab. »Mein Bedarf an solchen Erlebnissen ist für die nächsten Jahrzehnte gedeckt. Auf weitere Begegnungen mit rachsüchtigen Shogunen und gewalttätigen Vogelscheuchen verzichte ich liebend gern.«

»Apropos ›Vogelscheuche‹ …« In gespieltem Ernst wandte sich Peter an Bob. »Diesmal verpasst du unserem Fall aber bitte keinen Titel mit irgendeiner harmlosen Nebenfigur.«

»Wie ›Der rauschebärtige Butler‹ oder ›Der rotlockige Manga-Fan‹«, ergänzte Justus grinsend.

»Keine Sorge, Kollegen – der Titel steht bereits fest und ich bin mir sicher, dass ihr diesmal voll und ganz damit einverstanden sein werdet.« Mit würdevoller Geste holte Bob sein

Notizbuch hervor, klappte eine Seite auf und zeigte sie seinen Freunden. In schwungvoller Schrift war dort zu lesen:

Die drei ??? und der weiße Leopard

Feierlich hob Larry Conklin seinen Eiskaffee-Becher. »Auf die besten Detektive der Welt!«